Jean-Marie Quéméner

ANNE BONNY

L'âme pirate

roman

RÉCAMIER

92, avenue de France
75013 Paris
Tél. : 01 44 16 09 00
Fax : 01 44 16 09 01
www.editions-recamier.fr
www.lisez.com

Mise en pages : PCA
Dépôt légal : octobre 2025
ISBN : 978-2-38577-195-9

Aux femmes insolentes, de tempêtes et de sang,
qui ont défié leur temps pour inventer le nôtre.

It's the glory of the sea that has turned my head.
« C'est la splendeur de la mer qui m'a tourné la tête. »

John Trelawney dans *L'Île au trésor*
Robert Louis Stevenson

Avant-propos

Anne Bonny a choisi seule sa route, sa course, son allure et son cap ; une traversée chaotique, sauvage et complexe. Celle d'une femme plus grande que l'Histoire, telle qu'elle nous est revenue, sans doute ; plus grandiose que la vie qui lui était destinée, certainement.

J'ai tenté de suivre son sillage, ballotté, stupéfait, admiratif… un brin amoureux.

Je l'ai proprement piratée, elle, son parcours et le fil du temps que j'ai pliés à mon imagination.

Que les historiens me pardonnent.

Qu'elle me comprenne : je me suis permis de naviguer en chaloupe scribatoire autour d'elle, derrière elle, avec elle. Jamais sur sa proue : trop périlleux quand on sait ses emportements.

Je n'invente pas une nouvelle Anne Bonny : elle a trop cherché à s'appartenir pour que quiconque se l'approprie. Je la rêve et lui rends hommage.

La force du fantasme tient à sa source. Tous les mythes et légendes de la piraterie se déchaînent et combattent en elle, avec et contre elle.

Mes coups de cœur répondent à ses coups de sabre ; ses coups de sabre, à mes coups de cœur.

Mon histoire ne suit pas l'Histoire. Et quelle Histoire d'ailleurs ? Une femme pirate se déguisant en homme, figure incontournable de la République des Pirates ? C'est vrai mais un peu léger. Trop court. Les hommes, y compris ceux de son époque – les Barbe Noire, Hornigold, Vane, Bellamy, Rackham et autres –, ne soutiennent pas la comparaison. Seule Mary Read, peut-être… Elle prend sa part dans ce roman.

Anne Bonny ne se résume pas au cliché éculé d'une « femme moderne » : c'est la rabaisser, l'insulter elle et les femmes en général. Confondre modernité et indépendance d'esprit, de corps et d'âme, c'est cracher au visage de la petite fille mal née qu'elle était ; de la sauvageonne irlandaise à l'adolescente rebelle « américaine » qu'elle est devenue ; de la femme, marin et combattante d'exception qu'elle sera et de l'être humain assumant ses amours, ses combats, ses forces et ses faiblesses qu'elle restera.

Elle est une leçon de vie, de survie et d'envies. Toutes les envies.

Il faudrait bien plus que mon conte de gueux des mers pour l'honorer comme elle le mérite. Il y aura donc trois volumes à mon récit.

Je vous livre le premier, pour suivre son sillage, s'imaginer pirate et la rêver vivante.

L'admirer et l'aimer.

Jean-Marie Quéméner

Nassau, île de Providence

Les histoires courtes s'écrivent en lettres de sang

Son tonneau-table vacille sur sa base. Le rhum gîte dans son verre, se renverse ou peu s'en faut, une demi-gorgée absorbée par le bois. « Ces maroufles vont me gâter le plaisir... » Le buveur rabat son chapeau sur les yeux, s'assure que son veston n'entrave pas ses bras : les combats de coqs avinés des tavernes peuvent virer à l'aigre, mieux vaut être paré à la manœuvre. Les insultes volent ici sans jamais se poser tels des oiseaux de mauvais augure, semblables aux ballets des murmurations des étourneaux de sa jeunesse. Ardu d'entendre vraiment, impossible de comprendre précisément l'objet de la querelle : une femme, l'argent ? Un ego froissé ou les abats mal digérés d'une inimitié lointaine ? Sans doute un peu de tout cela. Comme d'habitude.

Les gaillards s'empoignent désormais. Leurs pieds nus pataugent dans des flaques de vieilles bières, de vomi et d'urine. Un coup puis un autre, trop saouls pour atteindre quiconque, trop théâtraux pour porter réellement. Seul l'air est brassé. Un éclat à peine perceptible, un reflet jaune bougie sur lame acier. S'agripper est une bien belle chose, respectable ; s'entretuer, au pire, c'est priver la flotte pirate d'un matelot, au mieux d'un bon marin. Mais à quoi bon intervenir ? Il affiche un rictus de belette devant un poulailler, avale cul sec le breuvage opaque, laisse sa brûlure se noyer, se dirige vers la « porte », une simple embrasure béante au linteau abîmé. Un mouvement d'épaule en passant à celui qui sort son couteau. Il trébuche, se rattrape sur un témoin au moins aussi ivre que lui, hérite d'un vigoureux coup de poing. D'autres s'en mêlent. L'affaire, privée, devient celle de tous. Le chaos peut enfin prendre ses aises, le hasard choisir ses victimes. Une dent rougie vient cahoter sur les mauvaises planches posées à même le sable. Une nuit de plus à Providence. Sortir. Prendre l'air.

Le vent debout agace la sueur de son front, le pique en épingles. Une rivière poisseuse coule le long de son dos. Sa chemise absorbe l'humidité, froissée soudain par un frisson, un ébrouement, presque comique, saccadé. Un rire intérieur, un gloussement murmuré : l'alcool vous ôte vos inhibitions plus sûrement que les marais vous offrent la fièvre.

Un haussement d'épaules. Être là, c'est tout ce qui compte. Un coup d'œil alentour : la plage et le léger bruit de succion de vagues qui agonisent mais reviennent mourir, têtues, humaines finalement. Entendre le brouhaha de la bagarre dans la taverne et les onomatopées que régurgitent d'autres soiffards joyeux, pathétiques parfois, sauvages toujours. Quelques animaux chassent à distance et réveillent des oiseaux criards. La chape de la nuit et de ses étoiles ouate l'ensemble, bienveillant ou menaçant. L'humeur du moment en décide, elle opte pour la tranquillité.

Un intrus au loin, un gamin, le dos rond, crénelé de vertèbres voyantes, les bras enserrant ses genoux, observe un horizon de mer et de ténèbres mêlées. La barbe blanche d'un récif réfléchit un rai de lune. Lui aussi tente de se rafraîchir, d'éloigner moiteur et odeurs de végétation pourrissantes. S'approcher et s'installer, dans la même position, à quelques pieds de lui. Le « gamin » serait plutôt un jeune homme, presque adulte : quinze ou seize ans peut-être. Son visage très lisse, pâle malgré le soleil des tropiques, est envahi par deux grands yeux noirs, beaucoup trop grands, des cils en espar[1] de rechange. Ses lèvres fines sont surplombées d'une hideuse moustache en poils de chevreau. Sa tignasse corbeau, sale et longue, raide et avachie, repose sur des épaules nues un peu frêles. Ses côtes saillantes se soulèvent et se reposent en maigre clavier sur un torse élancé. Il ne mange pas à sa faim. Classique.

S'asseoir à ses côtés. Soupirer. S'attirer une moue de mousquet.

— Tu n'es pas le bienvenu, mon gars.

La voix est stable, très claire, articulée. Éduquée, réfléchie parce que posée et soigneusement articulée. Sa main veineuse aux longs doigts tachés de noir se déplace vers le couteau à sa ceinture.

L'arrivant le fixe avec un grand sourire et déplace ostensiblement sur son flanc le sabre qui l'encombre. Un regard de tueur. Puis, soudain apaisés, ses yeux trouvent une douceur de canne à sucre, impromptue et inattendue. Un raclement de gorge. Il ôte son couvre-chef et délace sa chemise, dévoilant la naissance d'une poitrine féminine.

— Mon bonhomme, d'un, je ne suis pas ton « gars » ; de deux, si tu laisses traîner tes doigts trop près de ton coutelas, je te découpe par moitié ; et de trois, je suis ravie de faire ta connaissance. Tu as un nom ?

---

1. Longue pièce (en bois ici, compte tenu de l'époque) sur un navire.

— Désolé, madame… Je m'appelle Jim, dit-il en replaçant ses bras autour de ses rotules. Et, sauf votre respect, j'ai toujours besoin d'être seul.

— Je m'appelle Anne.

— Mes hommages, Anne, bonne nuit et adieu.

Cependant, il l'observe plus attentivement : une carrure forte, les traits étonnamment durs accentués par des pommettes un peu saillantes et des joues trop creuses, un menton fin, certes, mais sur une bouche tracée au couteau, une attache de poignet de bûcheron, des jambes puissantes pour sa taille moyenne. Pas surprenant qu'il l'ait prise pour un homme. Un peu grise sans doute, ce qui adoucissait son visage et lui donnait le charme particulier de la force assumée, contenue et rassurante.

— Vous n'êtes pas une prostituée pourtant…

Il secoue la tête comme pour chasser une pensée extravagante :

— Quoi que vous vendiez, je ne suis pas client…

— Je ne vends rien.

— On vend tous quelque chose.

— Tu vends quoi, toi ?

— Tout sauf ma liberté.

— Pareil ici.

Le silence occupe le temps et l'espace, rebondit de l'un à l'autre. Les flots psalmodient pour eux. Ils écoutent. Un rouleau déboule de travers et perturbe le ronronnement de la marée montante.

— C'est quoi ton histoire ? lui demande-t-elle.

Il soupire. Il ne s'en débarrassera pas. Et après tout, tant mieux. Voilà une éternité qu'il n'a pas échangé autre chose que des banalités, voire des borborygmes, avec ses congénères… Quant à son « histoire », cela devrait aller vite :

— Je suis né dans une plantation, plus loin, près du grand marais au centre de l'île. Mon père en était l'intendant, ma mère, la cuisinière du domaine. J'ai reçu une excellente éducation et je ne peux me plaindre de quoi que ce soit jusqu'à ce que la fièvre emporte maman. Il s'est remarié. J'ai été prié par ma marâtre de partir toutes affaires cessantes et d'aller voir ailleurs si je pouvais survivre. Ce que je fais en écrivant ou lisant pour les gens ici : des lettres, des billets, des reçus comptables… bref, ce genre de choses. Je vis pour les autres mais ne rêve que pour moi. Et c'est cela, très chère, que vous venez d'interrompre.

— Un écrivain…

— Non. Un scribe. Et, oui, un écrivain public si vous préférez. Vous savez lire et écrire ?

— Oui, Jim, je sais lire et écrire. Et compter. Et te dire aussi qu'une tempête arrive : les vagues se rebellent contre le vent. Ça va souffler…

— Quand ?

— Demain matin, avec la bascule de la marée.

— Vous avez donc le temps de me raconter la vôtre, d'histoire.

— C'est une très longue histoire…

— Bien, bonne nouvelle : les histoires courtes s'écrivent ici en lettres de sang. J'en sais quelque chose, c'est moi qui les rédige.

Anne soupire puis acquiesce. Elle sourit, la mine triste, ôte ses bottes et frotte le sable de ses orteils comme pour y retrouver ses racines… ou divertir ses mauvais souvenirs en se massant les pieds. Elle se perd dans ses pensées, glisse sur des pavés gris mouillés de pluie, part à rebours sur une autre existence et un autre continent. Le souffle du passé la bouscule encore. Pourquoi se confier à cet échalas trop intelligent pour ce repaire de gens de fortune, trop maigre pour se battre, trop fragile pour survivre seul, contrairement à ce qu'il pense sans doute ? Raconter, peut-être, se plaindre, jamais ! Il lui faut trouver l'équilibre. Son ventre gargouille sans retenue. Le rhum et la mauvaise chèvre grillée se rappellent à son bon souvenir. Un coup de poitín[1] et tout serait oublié... Quelques images se superposent à une douleur délicieuse et nostalgique, une mélancolie doucereuse de l'âme. Elle inspire un grand coup et se contraint à revenir vers des odeurs de pisse de mouton, d'herbe piétinée et d'ale éventée. Le vent passe à l'ouest. Pour elle seule. Ses mains frôlent le sable comme pour y trouver un shamrock[2] égaré.

— Je suis née en Irlande...

Il est happé par l'idée d'une île déchiquetée, battue par les tempêtes, verte, chardonnée, pluvieuse, pierreuse et froide. Il sourit à son tour et se reprend. Ne pas perdre le fil du récit qui se tisse à côté de lui. Il écoute et embarque sur le navire d'une autre. Et débarque avec cette étrange femme sur la côte méridionale de la verte Erin...

Elle imagine son père ce soir-là se réfugier au *Faoileán*[3] et se confier à Tadhg, le patron du pub, le confident incontournable de la petite ville. Elle le voit y entrer, trempé comme une soupe, sentir gémir le bois du parquet de l'établissement qui, solidaire du sol au-dehors, ne parvient plus à éponger les rivières embarquées par les visiteurs. Chacun d'entre eux laisse sa trace humide, et chacune d'entre elles débouche en

1. Whiskey de contrebande, alambiqué en Irlande pour échapper, à l'époque, à la taxe anglaise de l'*Excise* sur le whiskey officiel.
2. Trèfle irlandais. À trois feuilles : symbole de l'Irlande.
3. Goéland, mouette en gaélique irlandais.

delta fluvial contre l'imposant comptoir en chêne. Bien au sec, de l'autre côté, dos à ses flacons, le tenancier salue d'un signe de tête bienveillant les nouveaux arrivants, les scrute puis repose soigneusement derrière les étagères le bâton noueux que sa main droite saisit en prévention. Kinsale est une bourgade paisible, surtout si on la compare à cette auge à voyous de Cork, la capitale locale. Mais si les voleurs se montrent ici plutôt discrets, les querelles de voisinage, elles, essaiment autant que les berniques sur les rochers du loch. Tout aussi indigestes, innombrables. Inévitables.

William apprécie le court silence qui suit son entrée, hommage muet à son état de notable, crainte palpable de son statut d'avocat. La moitié des clients ont été ou sont ses obligés. L'autre le deviendra à plus ou moins long terme. On ne cherche point noise à un homme de loi, on l'amadoue et le plus simple, pour ce faire, est encore de l'acheter. Dans ce coin d'Irlande, mieux vaut insulter Dieu qui pardonnera plus sûrement que l'avenir qui, lui, trahira toujours. Échanger dans sa poche un peu d'or contre un juriste n'est point le pire des paris.

L'aubergiste désigne un banc inoccupé dans un angle sombre, fait un signe à sa femme qui le remplace derrière le bar, saisit deux coupes en étain et une cruche de gnole et vient s'effondrer à côté du visiteur. L'homme de loi soupire, salue tristement, ôte manteau, chapeau et perruque et observe son ami. Les épaules larges, quoique tombantes, le poil noir et dru comme s'il l'avait emprunté à un cheval sauvage, les yeux verts et une vilaine cicatrice de brûlure sur le dos d'une main. Un *travee*[1] installé au village. La rumeur prétend qu'il aurait été expulsé de sa communauté après un meurtre

1. Les *travellers* irlandais. Nomades.

sauvage et sordide. La peine aurait été « payée en métal ». Une louche de fer fondu sur la paluche de son hôte. Il secoue la tête : il n'a jamais demandé, ne veut rien savoir. Leur amitié tient à deux solitudes respectueuses, à la liqueur partagée et à leur personnalité singulière dans ces parages.

Il tend son verre pour trinquer :

— Puissions-nous avoir ce que nous désirons, ce dont nous avons besoin…

— Mais jamais ce que nous méritons, conclut le tavernier, l'air grave.

Anne sourit pour elle-même. Ce toast la renvoie loin. Plus loin dans le temps, avant même sa naissance. Comment lui a-t-il annoncé la nouvelle ? Difficile à imaginer. Comme souvent là-bas – et ici – la parole a dû se libérer quand l'alcool a rallumé la forge intime des deux hommes puis soufflé sur les braises de la confidence.

L'avocat a probablement calé, à son habitude, le dos contre le mur de granit et fouraillé, en tic de nervosité, dans sa chevelure humide. Elle sent encore sous ses propres doigts les griffures abandonnées sur la table par des générations de buveurs frottant étain sur bois.

— J'ai une histoire.

Tadhg acquiesce en silence. Il écoute. Lui aussi s'assoit plus confortablement, le regard planté au loin. Certains aveux ne peuvent exister que s'ils ignorent celui à qui ils sont confiés. L'air du large les emmènera ailleurs, là où ils n'ont plus aucune consistance, vers le grand cimetière des soupirs éparpillés au vent, éperdus ou perdus. Du pareil au même.

L'avoué bafouille un peu, trébuche sur l'enchaînement des faits puis renoue avec ses compétences d'homme de loi, finit par se retrouver et s'explique froidement, fait mine de parler à un étranger.

Tout commence par une histoire d'une banalité confondante. Sa femme, malade, passe le plus clair de son temps en soins, à une quinzaine de lieues à l'intérieur des terres. L'air plus sec semble mieux lui convenir. La maison est tenue par Mary Brennan, servante, fort bien faite de sa personne. Ce qui devait arriver, arriva : il en tombe follement amoureux.

Les mots d'Anne chevrotent un peu. Elle songe à sa mère, se ressaisit et emprunte même sa voix d'homme – celle qu'elle utilise à bord ou dans les tavernes – pour poursuivre.

Mary entretient également une petite histoire avec un moins-que-rien du coin. William le sait mais il est marié. Que peut-il lui reprocher ? Il se tait.

Le coquin vient visiter la soubrette en sa demeure. Il vole trois cuillères en argent. Pour les vendre certainement. Mary se rend compte du larcin, le lui reproche. Il revient et glisse l'argenterie sous les draps de son lit. Ni vu ni connu.

Mais le chapardeur est un malotru. Il avertit la maîtresse de maison du vol et l'impute à la servante qu'il sent s'éloigner de lui et dont il veut se venger. La preuve de ce qu'il avance, précise-t-il : elle les a dissimulées sous sa couche.

L'affaire prend alors des proportions inquiétantes. La dame regimbe et veut expédier Mary derrière les barreaux. Le *constable* enquête. La pauvrette a retrouvé les couverts, les a cachés dans son coffre et a prié pour avoir le temps et l'opportunité de remettre le tout en place avant que cela n'empire. Peine perdue.

La conjointe légitime prend les choses en main : elle se décide à fouiller la chambre de la bonne, ne trouve rien, s'agace et s'épuise. Cette histoire la rend folle et un doute pernicieux vient la chambouler : et si son mari vivait des amours ancillaires ? Sa fièvre et sa toux reviennent. Elle est exténuée. Il faut qu'elle s'assoupisse un instant. Elle s'effondre dans le lit de son employée et s'endort.

L'avoué, passablement éméché, entre dans la chambre de sa maîtresse, et honore la belle qui s'y trouve sans savoir qu'il ne fait qu'accomplir des devoirs conjugaux depuis longtemps abandonnés. Sa femme devant Dieu le laisse faire, certaine désormais de l'infidélité de son mari.

Au matin, elle insiste auprès de la police, qui engeôle Mary, et se réfugie chez sa belle-mère, très riche, qui prend son parti contre son « bon à rien de fils ». Le volage est averti par sa propre génitrice que son épouse ne veut plus le voir et qu'elle-même ne participera plus à ses finances qu'au compte-gouttes, suffisamment pour être, pas assez pour paraître. Il est banni du peu des réjouissances de la bonne société de Kinsale, de Cork et du pays. « Persistez à vous afficher avec votre traînée, lui explique-t-elle, vous éprouverez certainement que le poète se fourvoyait en prétendant que : "Nul homme n'est une île[1]." »

Anne écarte les bras, éreintée de son long récit et des réminiscences qu'il entraîne. Jim la regarde, ne sachant s'il doit s'autoriser à sourire de la maladresse et du manque de chance du paternel ou simplement compatir en silence. Prudent, il mime l'impassibilité protée d'un

1. Référence à un poème de John Donne, « No Man Is an Island ».

vieux joueur de whist. Mais ne peut s'empêcher de souffler malgré lui :

— Quelle histoire ! Et tout cela pour trois pauvres avirons de gueule en argent...

— Et ce n'est pas fini, enchaîne Anne, la servante est enceinte. D'une petite fille...

Là commencent ses premiers souvenirs : quelques images obscurcies par le temps et le jeune âge, des odeurs froides et mouillées de chiens, de tapisseries et de bois, des frissons de tempêtes et l'amour naissant pour leurs goûts de sel et de vent fouetté. Leur promesse de force et d'aventure, l'immunité enfantine de ne point les craindre, voire de les souhaiter, puis de les braver comme on défie une amie farouche et indocile.

La maison est bien tenue par sa mère, une femme discrète et forte, culpabilisée par son « mari » qui lui reproche paradoxalement à chaque heure pointée sa propre infidélité et ses conséquences. Elle se rappelle la confusion de ses sentiments lors de leurs disputes et de la honte enfouie pendant leurs réconciliations sur l'oreiller. Elle hume encore les *stews*[1] réchauffés à l'âtre et leurs relents, viande et ortie, qui imprègnent les rideaux lourds pour ne jamais les quitter. Elle se souvient de sa joie quand son père, dos voûté, regard baissé, qui avait perdu une bonne partie de sa clientèle – la meilleure part : celle qui payait –, l'emmenait par les rues, la laissait de longues heures devant la taverne de Tadhg. Les garnements du coin sortaient de leur cachette pour venir jouer et se battre avec elle. Un apprentissage. Un jour, ils décident de voler les belles personnes locales puis de se partager le maigre butin.

1. Ragoûts.

Elle se retourne vers son jeune compagnon, hypnotisé par l'histoire :

— Tu vois ? J'ai été pirate avant même de le savoir.

— Mais tu étais une petite fille, enfin... Je veux dire... Tu ne te déguisais pas en homme comme aujourd'hui ?

— Non... Presque, écoute.

Pendant l'une de ses journées vagabondes, elle prend la petite troupe de vauriens en main : leurs larcins sont divertissants mais peu rémunérateurs, quelques shillings tout au plus. Or son idée est d'aider sa mère qui, elle le sait bien, se débrouille avec les expédients que son père parvient à gagner malgré tout. Ils doivent s'attaquer aux « hauts chapeaux », ces gentlemen aisés qui s'encanaillent – et échappent à leurs dames – en partageant un verre au pub, voire s'égarent chez Mademoiselle Lilly et ses plaisirs de chair, de miroir et de tentures lourdes.

Ils partent « emprunter » au vieux Seamus un grand, pataud et respectable cheval connu de tous et qui répondait au joli nom de Nóinín, « Marguerite », en irlandais.

Ils lancent au beau milieu de la chaussée quantité de feuilles de chou et tout ce qu'ils trouvent sous la main qui puisse être mangeable et goûteux pour un équidé, relâchent le canasson, ravi, qui soupe céans en bloquant la voie principale. Une calèche est contrainte de s'arrêter. Le cocher descend de son siège et s'évertue sans succès à pousser la bête qui n'a pas encore eu son content de mangeaille et regimbe. Trois gamins entrent dans l'habitacle. Le plus hardi d'entre eux distribue des coups au hasard à son occupant qui ne sait comment se défendre, pris par surprise. Il crie. Les deux autres s'enfuient avec la bourse qui pendait à sa ceinture. Le courageux qui le prend à partie se carapate à son tour, les phalanges rougies et extrêmement douloureuses…

— Et celui-là, s'impatiente Jim, c'était…

— Moi.

— Évidemment.

— Déguisée en garçon. Plus tard, ils ont coincé tout le monde sauf moi. Ils cherchaient un « gars », pas une fille. L'idée m'est restée.

Elle se redresse, gonfle le torse, rieuse :

— On a raflé quatre livres et soixante-treize shillings ce jour-là…

— Et ton père ?…

— … est sorti de l'auberge mieux confit qu'une cerise et n'a rien remarqué. Et il m'a raconté plus tard comment une bande de voyous de Cork, au moins une quinzaine, s'en était prise à un brave homme en pleine rue et l'avait laissé nu comme un ver, dépouillé de sa richesse, dans son carrosse…

Ses yeux s'assombrissent.

— Peu de temps après, il nous annonçait, à ma mère et moi, que nous devions partir aux colonies. Il avait déniché une affaire en or à Savannah et, de toute façon, n'avait aucun avenir ni à Kinsale ni nulle part ailleurs sur notre île. J'ai quitté l'Irlande pour ne jamais la revoir.

— Sans doute un jour…

— Sans doute jamais, Jim. Retiens ceci si l'envie étrange te venait un jour de rejoindre la société des hommes libres : il y a un prix à payer. Simple, imparable : il te faudra naviguer plus vite que le destin lui-même sans te retourner. Notre sillage est de vie mais notre étrave fend la mort. Et inévitablement va se fracasser sur son récif. J'attends le récif. Nous l'attendons tous. Consciemment ou non.

Son interlocuteur paraît songer à ces mots puis secoue la tête.

— Je ne veux pas entendre d'histoire de pirates : j'en ai plein les esgourdes chaque jour que Dieu fait. Poursuis : tu arrives à Savannah. Et là ?

— Et là, ma deuxième vie commence…

Océan Atlantique, au large des Bermudes

Se battre, faute d'exister

Lui revient l'agacement très particulier du mélange doucereux de sel, de cordages humides, presque moisis, de bois de chêne, de sueur, d'eau impure et de renfermé. Son premier navire emprunté, sa première – et dernière – traversée vers le Nouveau Monde. Des heures à observer la mer, ses grandes vagues reposantes, en berceuse languissante, des oiseaux de mer planant en charognards ou geignant en affamés au-dessus des mats. Inatteignables. Les heures inquiétantes à patienter sous les coups de butoir de rouleaux géants, gris et enragés d'écume lorsque la tempête rôde puis frappe. Les mystères enfouis sous cette masse d'eau, de nouveau bleu marine le calme revenu. Des monstres, forcément réels, affreusement dentés et griffus, qu'elle imagine sous un vent moite, presque palpable. Et ces rideaux de pluie qui apparaissent au loin quand Dieu ratisse les flots de sa chevelure sombre. Elle avec son père et sa mère pour un voyage quasi biblique, vers la terre promise par un paternel dépassé et prétentieux mais enfin en couple « officiel », hors mariage, avec Mary.

Le mousse, Colm, un garçon d'une quinzaine d'années, roux comme un automne irlandais, petit et trapu comme un leprechaun, agile en diable, sans doute pour plaire à la seule jeune fille du bord, s'évertue à grimper et descendre des haubans avec force mimiques de macaque dès qu'elle pointe le bout de son nez.

Les hurlements du capitaine – un brave homme, écossais de naissance, ivrogne par nature ou par héritage – et les punitions qui lui tombent dessus chaque fois ne semblent pas le refroidir. Ils deviennent vite bons camarades.

Il la convainc de faire la course en roulant fièrement ses épaules constellées de taches de rousseur. Mais il faut choisir le bon moment : quand les adultes, notamment son géniteur et le maître du bord, sont trop occupés ailleurs pour se rendre sur le pont. Facile : à la cloche piquée du quart de fin d'après-midi, ce beau monde s'isole avec le premier lieutenant et un autre passager pour jouer au whist. Des parties à petites sommes mais à grandes goulées d'un whiskey de Blair dont elle sent encore les relents et les vestiges un peu tourbés aujourd'hui.

Pour l'occasion, elle emprunte la culotte de rechange, trop large, passablement déchirée et puante, du rouquin, et une chemise neuve de son père, trop ample pour elle, soigneusement pressée, blanchie, aux fortes senteurs de sauge. Un gros ceinturon volé à un marin tête en l'air et peu précautionneux achève la panoplie. Elle pense à enfouir ses longs cheveux sous un foulard marron en sa possession afin de se mouvoir sans avoir à souffler sur ses mèches rebelles qui s'obstinent à lui obstruer la vue. Elle est parée. Ou presque. Cérémonieusement, un matelot leur tend un couteau à chacun. Il faudra le planter en premier sur le bois massif, en altitude. C'est l'encoche qui fera foi pour désigner le vainqueur. Elle le glisse à la taille.

Les deux gabiers[1] en herbe s'échauffent sous les quolibets amusés des marins qui prennent les paris, tous ou presque en faveur du diablotin, très peu sur Anne dont la tenue masculine attire malgré tout quelques œillades concupiscentes et un brin perverses. Elle le remarque et se cambre plus que nécessaire, mais assassine du regard les indélicats. Le coq[2], manches de chemise retroussées sur des avant-bras en beauprés[3], se tient au pied du grand mât, une casserole et une imposante louche à la main, prêt à donner le signal du départ.

Anne observe le nid de pie[4], là-haut. Si haut. La ligne d'arrivée. Un frisson froid lui pince les lombaires, le vent lui empâte la bouche comme de la viande avariée, ses mollets se tendent en chaîne de cabestan[5] avant même d'être douloureux. Pour la première fois de sa vie, elle éprouve une vraie peur. Elle frappe les planches fraîchement sablées de ses pieds nus. Le manche de son arme bute sur son dos et la dérange. Elle l'ôte de sa ceinture et la glisse entre ses dents. Murmures approbateurs dans l'assistance. Elle ne s'y attarde pas et parvient à sourire franchement. En pensées, elle se force à s'emparer de sa frayeur, la cajole, l'encourage et la contraint à être plus virulente encore jusqu'à – lui semble-t-il – l'extirper de son âme pour lui faire emprunter un autre chemin, la faire se ruer dans ses membres et devenir un nouveau sang. Son cœur bat plus fort. Une folle énergie la saoule,

1. Marin qui s'occupe de la voilure et donc de grimper dans la mâture, un exercice d'adresse périlleux.

2. Cuisinier.

3. Mât, presque horizontal, à l'avant du navire.

4. Poste de vigie : plateforme très étroite, quasiment en tête de mât, pour observer les environs.

5. Treuil en moulinet qui sert à remonter l'ancre sur sa chaîne.

l'excite mieux que les lampées de mauvaise gnôle volée qu'elle partageait avec les gamins de Kinsale.

Le gong lui fouette l'esprit, elle s'élance, comme séparée de son corps qui ne fait que suivre le feu de son cerveau. Elle grimpe sans prêter attention à l'échelle naturelle des cordes, la traîtrise humide de leurs nœuds, leur instabilité et leur étroitesse toujours plus prononcée. Elle ignore le balancement de plus en plus sensible du bâtiment. Le trou de souris par lequel passer pour arriver sur la plateforme l'obsède et l'attire tel le Graal pour Galaad. Du coin de l'œil elle aperçoit, en silhouette chinoise, Colm la devancer légèrement. Elle n'en a cure. Seul importe son acharnement à retrouver la peur et à s'en nourrir. Elle lui manque, la provoque. Elle la rejoindra au sommet. Elle en est convaincue. Elle accélère, remarque une teinture rouge ruisseler à la naissance de ses doigts, rafraîchir ses paumes. La part consciente de son esprit sait qu'elle saigne, ses mains ne sont pas calées, loin de là, comme celles d'un vrai marin. Elle ne ressent aucune gêne, pas de douleur. Pourquoi s'en encombrer ?

Le dernier passage est le plus malaisé et impose un choix : contourner la plateforme, en équilibre précaire, et s'y hisser enfin ou, plus rapide mais bien plus risqué, l'agripper directement et effectuer un retournement arrière, les pieds en premiers pour passer par l'étroite ouverture entre haubans et mât. Elle perçoit son adversaire tendre le bras, il prend la voie la plus sûre. Elle lance ses jambes, lâche le cordage, un moment dans le vide sans prise aucune. Emporté par son élan, son bassin franchit le goulet. Un coup de reins, attraper son couteau et le planter sur le mât… juste à côté de celui, déjà présent, de Colm. Elle a perdu, s'en moque éperdument, écarte les bras au risque de distribuer un soufflet à son ami, et rit sans aucune restriction. Un rire de gorge qu'elle compte bien faire raisonner par-delà les flots qui les entourent, jusqu'à leurs tréfonds et se faire craindre des créatures qui les hantent comme de ceux qui les chevauchent. Heureuse comme jamais.

Un coup de sifflet du bosco[1] les rappelle à la réalité. En contrebas, telles des fourmis agacées et dérangées, tous les officiers et les passagers les observent, têtes en l'air, les membres en sémaphore. Anne aperçoit sa mère, le chapeau en dentelle enfoui au creux de l'épaule de son père. Ses épaules tressautent. Elle pleure.

Anne doit se résoudre à descendre. Ses mains très écorchées la font souffrir désormais. Les plantes de ses pieds la piquent en fer rougi à la braise. Elle se souvient de son escalade. Se sent légère à nouveau. Le prix à payer, un rabrouement certainement, n'est pas si élevé. Elle atteint le pont sous le regard vitreux mais contrit du capitaine, pesant et réprobateur de William, terrorisé de Mary. Celle-ci se reprend, plisse le nez sous les effluves nauséabonds de sa culotte d'homme, tâte et reconnaît la tunique de son mari, et lui administre une claque à faire trembler la Chaussée des géants de l'autre côté de l'Atlantique. Sa fille s'en soucie fort peu et sourit encore malgré sa joue marquée. Elle s'apprête à réitérer quand la voix soudain forte de l'Écossais l'interrompt :

— Cette espèce de *gowk*[2] avec ses cheveux de flammes s'agite là-haut. Il a vu quelque chose. Qu'on lui apporte ma longue-vue et que ce drôle descende prestement me faire son rapport avant que je ne l'accable de corvées, que je ne le fouette au sang ou que je ne le jette par-dessus bord pour servir d'ancre flottante.

1. Maître des manœuvres à bord.
2. « Simplet » en argot écossais.

Colm, essoufflé, esquisse un salut contraint à son commandant, ses taches de rousseur révélées par l'effort semblent lui offrir une carapace brunâtre sur teint de lait vanillé.

— Un navire par bâbord, capitaine. Deux mâts en oblique, dressés pour la course. Il suit un cap d'interception. Il sera sur nous avant la nuit tombée si on reste à cette allure. Je n'ai pas pu apercevoir leur pavillon mais…

— S'il n'est pas noir, il sera rouge, conclut le pacha d'un air sombre.

Les passagers, le père d'Anne en tête, avouent ne rien entendre de cette courte discussion entre les deux hommes et réclament des explications. Le patron du bord leur confie qu'ils sont en danger : peu importe la teinte de son *Jolly Roger*, ce bâtiment doit être un bateau pirate. Cette « engeance de Satan » parcourt ces eaux pour détrousser les navires marchands et faire de leurs invités des otages ou des morts.

Ses ordres fusent :

— Toute la toile dessus ! Et dégagez le passage des canons. Vérifiez l'état de vos mousquets et celui de la poudre. Virez-moi tout ce qui est humide là-dedans. Éteignez les feux de la cambuse. Tout le monde dîne maintenant, par quart. Dieu sait quand nous pourrons le faire sereinement et on ne s'entretue point le ventre vide.

— Faut-il vraiment se battre, capitaine ? demande Mary.

— Madame, il nous faut à tout le moins montrer que nous le pourrions. Même avec nos trois pauvres bouches à feu. Les chances sont minces, très minces, mais il se peut que ces pendards trouvent que nous ne valons pas la peine qu'ils se donneraient à nous égorger et à risquer quelques blessés. Ou pire. Je vais jouer là-dessus et sur notre très relative vitesse et espérer une nuit sans lune pour nous dissimuler.

Le gros navire pataud semble avoir saisi sa mission, ses membrures s'étirent et craquent de toutes parts. Les voiles s'enjaillent d'être toutes ensemble hissées pour claquer au vent et se tendre de concert. Même les vergues[1] paraissent vouloir aller de l'avant. La proue soulève une écume qui constelle le pont.

Les passagers sont priés de rejoindre leurs cabines sans plus attendre. Anne, avec la complicité de son ami et du cuisinier, prétend vouloir aider au repas de l'équipage et se recroqueville dans la cambuse, fermement décidée à tout observer. Colm vient à intervalles réguliers lui faire un rapport : la distance entre les deux bateaux ne paraît pas se réduire. Le capitaine a dévié légèrement le cap suivi pour profiter pleinement du vent arrière. Il y a de bonnes chances pour que les pirates se lassent, surtout pendant la nuit. Leurs équipages, explique-t-il d'un ton docte, sont plutôt modestes et donc difficiles à mobiliser dans leur entièreté sur de longues périodes.

Elle s'endort, le dos calé contre une paroi et les bras enserrant tendrement, en guise d'oreiller, une marmite aux flancs caramel, poisseuse et très odorante.

Le premier coup de canon la réveille en sursaut. Sans réfléchir, encore empéguée, elle se rue sur le pont. Un deuxième choc. Elle distingue malgré la nuit une gerbe blanche sur leur arrière. Le capitaine, un pistolet dans une main et un sabre dans l'autre, qu'il agite sans savoir trop quoi en faire, comme si les deux armes se querellaient ensemble, lui explique sans s'étonner de sa présence qu'ils sont hors de portée. Colm la tire par la manche :

---

1. Bras en bois perpendiculaires aux mâts sur lesquels on établit la voile.

— Tu ne peux pas rester là, ils se rapprochent. Il est décidé à les affronter. C'est idiot mais c'est ainsi.

— Pourquoi c'est idiot ?

— Parce que nous ne sommes pas de taille et qu'il vaut mieux se rendre que mourir. Ces pirates se battent faute d'exister. Ils n'ont que cela. Pas de vie à terre, sans doute pas de dieu. Pourquoi leur donner ce qu'ils veulent ? On dit même que certains d'entre eux sont revenus du fin fond des abysses et qu'ils peuvent monter des animaux marins…

— Ben voyons. Sornettes et compagnie. Et s'il faut les fesser, moi, je suis prête…

Un boulet vient cette fois s'écraser contre le plat-bord et interrompt ses rodomontades. Une averse d'éclisses suit l'impact. Colm hurle. Un pieu de bois s'est fiché dans son épaule. Sans hésiter Anne le lui arrache, ignorant la douleur de son compagnon et le supporte à l'abri jusqu'à la soute. Elle le cale entre deux balles de coton. Elle cherche une étoffe quelconque du regard, n'y voit goutte, allume une chandelle et déchire un morceau de tissu d'un vieux hamac abandonné.

— Appuie avec cela sur ta blessure. Cela devrait étancher suffisamment la plaie.

— Tu es devenue chirurgienne d'un coup ? tente-t-il de plaisanter, la voix faible.

— C'est ce que l'on fait chez moi sur les moutons blessés par des morsures de loup ou de chiens sauvages. Si c'est efficace sur eux, cela devrait l'être pour un petit agneau chétif et geignard tel que toi…

Cette fois, ce sont les canons de son propre bord qu'elle entend tonner. Elle se précipite à l'extérieur.

Ils vont être abordés sur tribord. La lune lui permet d'observer les assaillants. Ils trépignent sur place, une belle dizaine, les vêtements déchirés ou passablement rapiécés, sabres, piques et haches agités au-dessus de leurs têtes, ils hurlent comme si leurs cris pouvaient faire sombrer leurs victimes. Un coup de mousquet. Le capitaine tourne en toupie et s'effondre. Il est atteint à la hanche. Il se redresse et s'assoit, ne comprend plus très bien ce qu'il vient faire céans. Elle ramasse son pistolet et son sabre. Un membre d'équipage l'aperçoit. Il crie :

— Non, mademoiselle ! C'est trop dangereux. Mieux vaut implorer le pardon de ces sauvages…

Murmures d'approbation autour de lui. Les marins sont terrifiés.

Anne crache sur le pont et s'avance vers le franc-bord du bâtiment. Elle entend les plombs siffler autour d'elle. L'un d'entre eux lui lèche la joue, elle en sent la brûlure, retrouve son amie la peur et sa brûlure dans ses veines. Elle sourit en large et plante son regard dans celui du pirate le plus proche. Il a saisi un grappin et s'apprête à le jeter pour relier les deux navires. Elle remarque ses yeux très bleus, très clairs, dans un visage de charbon, noirci sûrement par la poudre de sa propre artillerie. Elle note qu'il est à peine plus âgé qu'elle, sans doute seize ou dix-huit ans. Le rictus qu'il lui offre dévoile des dents très blanches.

— Tu seras le premier à mourir, salopard ! lui lance-t-il, la confondant avec un homme.

Sans réfléchir, elle baisse un peu le menton et lui répond d'une voix faussement grave :

— Toi d'abord…

Elle tend le bras. Tire. Un trou rouge sur le visage du pirate vite empli de sang qui se répand en ruisseaux fins le long des commissures des lèvres. Ses traits se crispent d'abord puis s'apaisent étrangement. Ses billes azur se révulsent. Il tombe. Les marins derrière elle crient et se rangent à ses côtés. Ils font feu à leur tour. L'un d'entre eux s'effondre mais déjà les rangs adverses sont moins fournis. Les deux bateaux se heurtent. Bord à bord. Un pirate tente de la rejoindre. Les navires s'éloignent et se touchent à nouveau. La jambe écrasée, il hurle à la mort. Anne, embarrassée par le poids de sa lame, envoie maladroitement un coup de sabre latéral comme si elle se servait d'une faux. Elle lui taillade la poitrine. Il crie de plus belle et chute entre les deux coques. Il disparaît, broyé.

Le canon tonne près de sa position. Le capitaine s'est relevé et a tiré à bout portant. Les pirates ont leur compte, ne demandent pas leur reste et s'écartent en insultant copieusement le bateau de commerce et ses occupants. Plus couards que braves, ceux de l'équipage d'Anne qui ne s'étaient pas encore servis de leur pétoire font feu. La liesse l'emporte. Ils entourent la jeune fille dans un brouhaha d'autant plus débridé qu'il est libéré de la terreur passée.

Le calme revient. Le pacha, penaud et boitant bas, se frottant le côté, récupère sans sourire ses armes des mains d'Anne. Il lui souffle :

— Pour le bien de tout le monde ici, le vôtre et le mien compris, nous allons taire votre rôle dans cette algarade. Vos parents ne vous le pardonneraient pas... Et à moi non plus. Je passe le mot à l'équipage. Tenez-vous-en là et allez tamponner votre joue, la blessure semble superficielle, avant que votre maman ne la remarque...

Elle s'essuie avec la manche de sa chemise. Ne ressent rien d'autre que de la quiétude. Une sérénité ample, bienfaisante et méritée. Un équilibre qui lui manquait.

Ses parents apparaissent sur le pont, le pas hésitant. Son père vacille en manquant de trébucher sur un corps.

Mary court vers sa fille, la serre dans ses bras, couvre sa robe de sang à son tour. Elle se campe devant elle, les mains sur les hanches. Elle ouvre la bouche, hésite puis pleure sans mot dire. Anne l'étreint à nouveau et répète à l'envi : « Je vais bien… »

William les rejoint, la démarche toujours aussi mal assurée :

— Ma fille, votre comportement irresponsable vous fera tuer un jour. Et il ne sied définitivement point à une jeune lady de bonne famille. N'oubliez plus jamais que vous êtes mon héritière et que j'ai de hautes aspirations pour vous. Comment voulez-vous trouver un beau parti en jouant les trompe-la-mort ainsi ? Par ailleurs vous êtes-vous reconnue ? Non mais, regardez-vous ! On dirait un commis d'abattoir !

— Monsieur, interrompt le capitaine, soucieux de son avenir de commandant de son navire et craignant l'entregent éventuel de son passager, je puis vous assurer que votre fille n'a jamais couru le moindre danger. Elle était sous ma protection et était retranchée tout le long des combats.

Un sourire jaune conclut une tirade qui arrache des exclamations indignées et étouffées, vite réprimées, de l'équipage. L'homme perçoit qu'il doit lui lâcher du lest. Cette louvette leur a tapé dans l'œil. Ils vont la défendre et le contredire. Il doit en abattre au vent :

— En revanche, veuillez connaître qu'elle a été d'une aide précieuse pour soigner les blessés et les évacuer du champ de bataille. Ce fut sans risque mais elle n'a flanché à aucun moment. D'où le sang que vous remarquez sur ses atours. Je propose donc que nous fêtions cette victoire assez inédite, je dois l'avouer, en dégustant un flacon que mon cousin d'Islay a eu l'amitié de m'offrir.

Je le gardais pour une grande occasion. Nous l'avons trouvée me semble-t-il…

Alléché intelligemment, le père oublie sa fille. Mary, contrainte et forcée par la bienséance, suit son époux non sans ordonner à sa progéniture de « se débarbouiller et de se changer sur-le-champ ! » Au bras de William, elle se retourne cependant, observe l'équipage qui entoure Anne, plisse les yeux, pressent une vérité dissimulée. Elle sourit et ne peut s'empêcher de faire un clin d'œil, trop vulgaire pour la dame de qualité qu'elle prétend être, parfaitement reçue par la polissonne qu'elle a mise au monde.

Laquelle s'écarte, timide, des marins qui viennent la remercier et admirer de plus près le phénomène. Elle s'isole derrière le grand gouvernail et ses poignées en bois poli sur la dunette arrière, réservée au capitaine et au barreur. Celui-ci laisse faire et allonge même un bras pour l'inviter à investir le domaine. Elle y est rejointe par Colm qui tente de faire brave figure, plus pâle que jamais, son bout de hamac ensanglanté toujours pressé contre sa plaie. Il remarque son regard farouche, sa blessure, le sang…

— Tu t'es battue ?

— Oui, gros peureux. Je ne pouvais pas me contenter de veiller sur toi comme une vieille femme sur son lait.

— Et ? Comment te sens-tu ?

— Vivante. Tu as eu tort tantôt…

— Quand ?

— Quand tu me parlais des pirates. Ils ne se battent pas faute d'exister. Ils se battent pour exister. Je le sais : j'existe.

Domaine Cormac, Savannah

Le feu dans les veines

Son père ne cesse, très fier, de lui répéter qu'elle ressemble aujourd'hui à un portrait de Mary Beale[1]. Elle s'en émeut comme d'une guigne, voire s'en trouve un brin outrée : elle suspecte qu'elle ne goûterait point du tout les œuvres de cette femme dont elle n'avait jamais entendu parler. Enfin, il faut bien, pour avoir la paix, lâcher un peu de longe à son paternel. De loin en loin. Aujourd'hui particulièrement : c'est jour de bal.

William a installé sa famille sur des terres bien situées pour le coton, près de la mer, le long de la rivière Savannah. Il les a achetées, quelques pièces d'or, une poignée de guinées, à un pauvre hère qui en avait hérité sans trop savoir qu'en faire sinon les jouer et les boire. Le bougre était parti vers le nord et s'ébattait désormais dans la lanterne à papillons aux ailes lustrées qu'est New York. « Une ville de perdition », maugréait souvent son paternel, très heureux d'imaginer son prédécesseur s'y fourvoyer et un peu jaloux de ne point s'y trouver.

Elle devait malgré tout reconnaître que le *pater familias* avait œuvré pour le mieux : il avait fait bâtir une belle demeure sur le modèle des résidences d'été de

1. Portraitiste anglaise du XVIIe siècle.

la grande bourgeoisie dublinoise, avait développé ses champs, petites fleurs blanches cotonneuses à perte de vue, pacifié ses rapports avec les Indiens Creeks à qui il laissait la jouissance de la rivière et donc la liberté de troquer leurs peaux et leurs couvertures – sans doute quelques armes mais il ne voulait rien savoir – et enfin acheté assez d'Africains pour travailler sur son domaine. Mary veillait sur ce petit monde en bonne paysanne irlandaise : bienveillante, autoritaire et pragmatique. Seule sa fille l'inquiétait… Un vrai cheval sauvage ou un bison furieux. Impossible à mater. Le pire, c'est qu'elle se mouvait désormais avec son propre « troupeau ». Des moins-que-rien. Un mustang se fiche de la couleur de la robe de ses congénères, mais là… Une Indienne et un Noir ! Bien entendu, elle n'avait rien dit à son mari, le laissant imaginer la descendance dont il rêvait plutôt que de voir celle qu'il avait.

Ce soir, la rebelle semble docile. À tout le moins, elle n'a pas trop regimbé à l'idée des festivités.

Sa progéniture se contorsionne pourtant sous ses doigts. Elle peste comme un porcher de Cork, remonte son décolleté jusqu'au cou et froisse les falbalas[1] tout droit arrivés de Paris trois mois plus tôt. Elle ramène violemment ses bras en arrière comme pour défaire le corset qui l'opprime. Elle se précipite vers son matelas, glisse une main sous sa couche. Mary ne trouve point le loisir de poser la moindre question. Sa fille exhibe un couteau, celui qu'elle a gardé de ses aventures de gabier, et entreprend de couper les lacets qui l'entravent. Passe encore que l'on veuille la coiffer comme une jument de

1. « Volants plissés ornant les parements, les jupons et les robes habillées », *Histoire du costume en Occident de l'Antiquité à nos jours*, François Boucher, Flammarion, 1965.

parade ou que l'on pense à l'affubler d'assez de tissus pour relier Nouveau et Ancien Monde, mais que diable, elle ne se laissera pas étouffer ! Sa mère renonce en soupirant. Elle l'abandonne enfin seule dans sa chambre.

Anne se défait de ses atours précieux prestement. Elle a promis au maître de la maisonnée qu'elle se rendrait à la réception, soit. Elle se déguisera en lady de pacotille. Bien. Elle ne s'est point avancée sur ce qu'elle ferait de la journée qui précède cette damnée soirée. Dont acte. Elle se change, enfile une culotte dérobée au contremaître et recousue à sa mesure, passe la chemise de son paternel, celle-là même qu'elle avait maculée de sang sur le navire, dont la blancheur douteuse désormais lui importe peu, stabilise le tout avec son gros ceinturon et y glisse son couteau, son bien le plus précieux, son trésor. Elle garde ses bas pour chausser ses chères bottes, une victoire arrachée de haute lutte et auréolée d'un beau mensonge : pour devenir une jeune fille parfaite, mieux valait savoir monter à cheval, et donc être équipée comme il se doit. Son père avait avalé le faux-semblant. Elle pouvait se chausser tel qu'elle le désirait pour ses virées particulières. Et était devenue au passage, bon an, mal an, une cavalière correcte. Ce qui lui importait peu tant son regard et son âme tendaient vers l'océan et ignoraient la plaine.

Elle ouvre sa fenêtre et, à son habitude, glisse doucement sur la pente du toit, prend appui sur le rebord, et allonge les bras jusqu'à enserrer la grosse branche de l'érable rouge qui a eu la diligence de pousser à deux pas du mur. Un rétablissement leste, elle descend tel un singe à qui l'on a appris un tour, et s'éloigne vers la rivière. Hors de vue de la demeure, elle ralentit le pas, prend le temps de respirer l'air très moite, presque vaporeux tant il est humide, attend la pluie qui – inévitablement dans ces régions – ne va pas tarder, emplit ses poumons d'une odeur de tulipier, grasse et vanillée, subtile mais entêtante.

Elle franchit le rideau de chênes et leur mousse tombante en larmes de Cybèle. Sika et Hatayé se chicaillent, assis sur un vieux tronc effondré. Elle sourit. Ces deux-là finiront mariés. Ils ne le savent pas encore, voilà tout. Elle les observe se chamailler, penchés sur un objet qu'elle a du mal à identifier. Leurs bustes courbés font s'entremêler les cheveux crépus de l'un et les longues mèches noires de l'autre. Peaux noire et bistre se mélangent en bronze poli. La chemise en gros coton du premier traîne à côté des mocassins en cuir retourné de la deuxième. On perçoit déjà chez le garçon une force de la nature : des bras maigrelets, certes, mais on devine des muscles en tiges d'un acier qui ne se laissera pas corrompre et une vallée de muscles abdominaux nets et bien dessinés. Sa compagne, taille de guêpe, porte sur le visage la fierté de son peuple : un nez busqué, des rides encadrant déjà, malgré son jeune âge, une bouche fine au sourire très large qui éclipse et adoucit le travail facial à la serpe de son Créateur.

Anne tente, pour la millième fois, de siffler comme le lui a appris son amie indienne, à la manière des moineaux locaux, un petit oiseau à la tête de sacripant, les yeux délicatement maquillés par un trait jaune sur ses « paupières ». Et pour la millième fois parvient à peine à imiter un fifre mal embouché et cathartique. Un éclat de rire lui répond.

— Tu ne sauras jamais faire… Et on t'a entendue arriver depuis un bout de temps. Encore une fois, si tu veux être discrète, ôte tes cuissardes grinçantes. Je te donne des *makasins* ou marche pieds nus, tout simplement… Pataude, va ! se moque la Creek.

— J'y tiens, moi, à mes bottes, lui répond Anne. Et je m'interroge sur le bruit assourdissant qu'elles feront sur ton séant si tu persistes à te payer ma tête.

Elle se penche à son tour sur la mystérieuse fabrication que ses amis ont, semble-t-il, achevée. Un panier en forme de grosse jarre, tissé en roseaux souples. Elle le tourne et le retourne en tous sens, curieuse et dubitative :

— Je ne saisis pas…

Sika le lui arrache des mains, plisse son front comme chaque fois qu'il fait l'effort de réfléchir, puis se décide à s'expliquer :

— Alors, vois-tu, c'est une trappe à anguilles, ou à crabes, ou aux deux. Ils rentrent par là et se retrouvent prisonniers, puisque ces bêtes-là sont trop stupides pour comprendre par où sortir…

— Un casier, quoi… conclut Anne, se souvenant des pêcheurs de sa ville de naissance.

— Un panier à poissons de mon invention, se redresse-t-il fièrement en glissant un regard inquiet à Hatayé qui ne tarde pas à le reprendre.

— Ton idée ? Mon peuple a inventé ce piège depuis un temps dont le père de mon grand-père lui-même ne se souviendrait plus. Et c'est moi qui ai pratiquement tout fait…

— Pas les nœuds !

— Non, pas les nœuds parce que je voulais que tu te sentes utile à faire autre chose qu'à jacasser pendant que je travaillais…

— Je ne jacasse pas, contrairement à…

Ils sont interrompus par une bourrade dans le dos qui les fait tous les deux choir dans le fleuve.

— Et si on allait la tester, votre « invention » ? Parce qu'on peut deviser toute la journée sur les mérites de chacun mais figurez-vous que j'ai un bal ce soir et cela me rend de méchante humeur. Je n'ai ni la patience ni l'opportunité de vous laisser « jacasser ». Ni l'un ni l'autre ! C'est compris ?

Des gouttes ruissellent du tapis de laine de mouton noir de ses cheveux sur tout le corps du garçon. L'air penaud, Sika tend la main à Anne ; qu'elle l'aide à sortir de la rivière. Elle agrippe son avant-bras. Il tire de toutes ses forces et l'envoie valser à son tour dans le cours d'eau.

— Bien, tu seras propre à neuf pour tes festivités...

Ils reprennent pied sur la rive, s'ébrouent comme des chiens mouillés et, sans s'en soucier plus avant, embarquent sur le canoé de la jeune Indienne vers les méandres, les marais et la côte Atlantique de la Rivière Bleue[1].

Hatayé les guide, pagaie à la main, sûre d'elle. Sa tribu commerce sur ces voies d'eau depuis que les Blancs ont débarqué. Elle en connaît les moindres recoins et détours. Anne sait qu'elle peut se reposer sur son amie, profiter de la promenade malgré le vrombissement et la soif inextinguible des moustiques locaux venus en nombre s'intéresser aux visiteurs. Ses pensées s'envolent avec un pélican de passage. Elle lui demande silencieusement de l'emmener au loin, de la déposer sur une île, peut-être sur un bateau là-bas, au large. Et si elle pouvait chevaucher ces gros nuages et partir à l'aventure ? Elle s'endort bercée. Libre.

Un son mat la réveille. Leur embarcation vient de buter contre un talus. Ils sont arrivés. De légères vagues de l'océan tout proche parviennent à lécher l'étroite

1. La Blue River : bras de mer assez large et très sinueux qui longe la partie ouest de la Savannah d'aujourd'hui.

langue de sable perdue au milieu des marais. Un vent d'est courbe les hautes herbes qui mosaïquent la terre de concert avec de grands arbres d'un vert profond. Une vague senteur de saumure et d'humus lui rappelle presque la tourbe irlandaise. Un étroit ruisseau déboule sur leur « plage ». Quelques écrevisses, en amont, crapahutent sur le fond, indifférentes, occupées, pinces grandes ouvertes. Son ami se met immédiatement à l'ouvrage. Il place le casier non loin de l'embouchure du ru, le cale avec quelques pierres rondes ramassées à proximité. Il est repris par Hatayé qui leste le panier, gestes précis et habitués, en haussant les épaules et en soupirant :

— Et tu feras quoi, gros malin, si les poissons, la marée ou les courants embarquent le piège ? Il faut mettre du poids dedans…

Anne s'éloigne, sourire aux lèvres. Il est pire façon de se dire qu'on s'aime que de se disputer sans cesse. C'est l'absence de sentiments qui vous assèche le cœur, pas le trop-plein. Et elle ? Qui pour elle ? Personne ici sans doute. Elle perçoit bien que la réception de ce soir n'est que viande sur étalage. Une gracieuse boucherie. Elle en est la pièce maîtresse, le beau rôti à acheter, à croquer, à dominer. Son père va la vendre à l'encan pour plus de respectabilité, un accord commercial ou s'en débarrasser avec les honneurs. Sa propre fille ne représente qu'un moyen de poursuivre une revanche égotique sur le mépris des notables de Kinsale. Elle secoue la tête. Les « c'est ainsi » résignés de sa mère quand elle s'en ouvre à elle la poussent à la rage. Un être humain, fût-il femelle, ne peut-il pas décider lui-même de son sort ? À quoi sert un « Nouveau » Monde s'il réplique en pire les défauts rouillés, nauséabonds et ampoulés de l'Ancien ? Elle a prouvé sur le navire qui les a amenés qu'elle savait manier autre chose que l'éventail. Elle frotte le manche en bois rugueux de son couteau et espère en faire sortir un mauvais génie qui lui accordera de se battre encore, de sentir à nouveau ce feu dans ses veines, de mourir même, mais comme elle l'aura choisi, pas selon les codes et les règles d'une société de gens bien nés, bien mis, imposés par des mâles pour des mâles. Et pas des plus aventureux.

Ses enjambées et son ire l'ont menée trop avant. Elle a atteint une basse colline herbeuse. De là-haut, elle aura sans doute une vue sur l'océan. Elle presse le pas, attirée par le large dont elle attend une réponse. N'importe laquelle. Les vagues sauront la cajoler et la réconforter. Leur vue suffira. Pour l'heure.

Elle parvient sans difficulté à son point d'observation. Un léger son porté par le vent. Une anomalie entre le roucoulement des rouleaux sur la grève et les cris des oiseaux de mer, comme si un géant poussait une lourde armoire récalcitrante sur un parquet. Quelques éclats de voix, des exclamations plus que des phrases, lui parviennent à chaque rafale. Elle se baisse en réflexe, accroupie presque pour se déplacer sur sa droite. Un bras de mer, couleur grise jaunie du saumâtre, s'enfonce dans les terres. La marée basse laisse deux bancs de sable assez importants sur chacun de ses bords. Elle se penche un peu. Un gros bâtiment, coque lourde et noire, est penché là, comme échouée. Des cordages en tête de mât, reliés à la terre, le maintiennent sur le flanc. Une dizaine d'hommes accrochés au dos de cette baleine en radoub[1] la frottent énergiquement. Les autres, assez nombreux, s'affairent en un ballet souvent répété : certains alimentent un feu, les autres coupent du bois pour bâtir des cabanes de fortune, une grande voile a

1. Nettoyage de la coque du bateau.

été déposée sur une légère hauteur, gigantesque couverture crème sur laquelle se penche un vieil homme. Elle observe ses longs cheveux gris flotter au vent et l'agilité de son aiguille pour la repriser. Elle remarque également trois coquins, équipés de mousquets, qui semblent décidés à chasser. Ils sont suivis de loin par deux bougres arcboutés qui poussent un tonneau à la recherche d'eau douce sans doute, se dit-elle.

Un frottement derrière elle. Elle dégaine son couteau pour se retrouver nez à nez avec Hatayé, suivie de près par Sika, tous les deux rampant vers elle. Elle pose un doigt sur sa bouche. Silence ! Épaule contre épaule, en apnée ou peu s'en faut, ils profitent du spectacle. Un air plus frais vient, en pincement, les déranger.

— Il va pleuvoir, annonce la jeune Indienne. Il faut rentrer avant de prendre des seaux d'eau sur la tête.

Ils reculent prudemment puis empruntent le chemin du retour vers leur esquif.

— C'était qui ? interroge Sika qui brise le silence de leur marche.

— Des pirates, répondent en chœur ses deux amies.

— Ce n'est pas courant. Pas nouveau non plus, explique la Creek. Ma tribu fait affaire avec eux. Rien de secret ici. Ils débarquent là, sortent tout ce qu'ils peuvent de leur bateau, le nettoient et le réparent. Nous évitons de nous en approcher mais il arrive que nous échangions de la nourriture contre quelques marchandises avec eux, des babioles comme des miroirs, des coupes ou des perles de verre.

Elle s'interrompt, cherche ses mots puis se décide :

— Des armes aussi, parfois. Il faut que je prévienne mon oncle. C'est lui qui s'occupe de ce genre de commerce.

Elle peste dans sa langue et frappe du pied sur le sol.

— Tu as l'air contrariée, remarque Anne.

— Je n'aime pas cela. Pas du tout. Tu viens d'arriver mais sais-tu ce qu'il se passera quand tes congénères comprendront que nous nous sommes armés par nous-mêmes ? Ou que nous commerçons avec des pirates ?

— Des pirates, on en est certains alors ? insiste benoîtement Sika.

— Bien sûr. Pourquoi crois-tu qu'ils se cachent dans cette anse ? Pour observer les oiseaux ? Le propre père d'Anne et ses amis nous tireront, nous les natifs, comme des perdrix si cela revient à leurs oreilles. Ils n'attendent que cela et on leur offre un prétexte magnifique sur un plateau d'argent. On l'a vu ailleurs. Et ces hommes, là-bas, peuvent décider de nous tuer sans trop y réfléchir.

— Qu'ils essayent, conclut, bravache, Anne, le visage fermé.

Ils parviennent à leur embarcation. Sika jette un dernier coup d'œil à son casier avant de décréter qu'ils repasseront le chercher au matin du lendemain, quand les prédateurs de la nuit auront bouté les poissons vers lui. Une ondée chaude à grosses gouttes les accompagne jusqu'à leur point de départ. Le silence de l'Indienne les contraint à une navigation muette et à des adieux abrégés.

Trempée comme si elle s'était baignée, Anne parvient à se glisser discrètement jusqu'à sa chambre… où sa mère l'attend, magnifique dans sa tenue de bal, le regard assassin et impatient, la jambe battant mesure de tambour-major. La robe et les atours de sa fille sont dépliés avec soin sur son lit. Elle a refermé la fenêtre un peu trop tard : une mare d'eau suinte sur le parquet.

— Je ne veux rien savoir, cingle-t-elle. Tu t'apprêtes. Je t'aide. Nous devons être en bas dans une heure.

Pas plus. Et jette-moi ce couteau au feu. Qu'il brûle en enfer ! Je suis à bout de patience, Anne. J'ai l'impression d'héberger Mórrígan[1] sous mon toit. Trop, c'est trop, jeune fille. Alors voici mes instructions et tu n'en dévieras point : tu te coifferas correctement – je demande à Betty de venir t'aider – tu descendras dans les temps, tu souriras, tu danseras comme ton répétiteur te l'a appris et jamais, au grand jamais, tu n'agiras telle une furie. Pour une fois dans ta vie, tu vas te comporter en femme du monde et pas comme une sauvageonne !

Elle s'interrompt, prise d'un vertige. Elle s'appuie sur une commode. Pâle et oppressée, les jambes en tiges de lin. Sa fille se précipite, l'accompagne jusqu'à son lit et la fait asseoir. Mary reprend doucement son souffle. Elle la dévisage, les yeux humides :

— Je t'aime. Je t'aime tellement. Tu es mon trésor farouche. Mais je t'en conjure, fais ce que je te dis. Pas pour ton père ni pour la société invitée, pour moi et moi seulement. Tu penses pouvoir donner le change ? Rien qu'un soir ? Pour ta mère ?

Anne l'étreint trop fort. Mary geint mais a retrouvé un peu de rougeur sur le visage. Elle se redresse, va pour quitter la pièce et se fige dans l'embrasure :

— Et je ne veux pas voir cette lame dissimulée sous tes pretintailles[2]...

Remuée par cette déclaration plus qu'elle ne l'aurait souhaitée, la jeune fille s'habille tout en s'interrogeant sur la défaillance de Mary. La colère, sans doute. Peut-être son satané corset lacé en armure ou une poussée d'humeurs malignes et exaspérées qu'elle-même a fait

1. Déesse gaélique irlandaise de la guerre.

2. Succession de tissus ajoutés pour dessiner le motif désiré en « décoration » d'une robe.

naître. Elle s'en veut et se promet de tenir le rôle de colombe stupide et bien élevée que l'on attend d'elle. Ils veulent du roucoulement et des postures de potiche ? Bien. Elle leur en livrera.

Un choc sur sa fenêtre, puis un autre. Sika a escaladé le grand arbre et frappe sur sa vitre avec un long bâton. Anne ouvre, observe qu'il est en livrée et qu'il vient de la gâter de vert mousse. Il va sans doute servir ce soir.

— Qu'est-ce que tu fais là ?

— Je risque ma vie pour ma belle, lui répond-il avec un sourire en croissant de lune. Mais avant cela, très chère, tu es… bizarre, habillée comme cela. Étrange mais magnifique, hein ? Ne te méprends pas. Plus sérieusement, je suis venu t'avertir : l'oncle d'Hatayé part demain avec une petite délégation de ses gens rencontrer les pirates sur la plage. On s'est dit qu'on les suivrait de loin, voire que nous les devancerions. Départ aux aurores. Tu en es ?

— Bien sûr !

Il s'éclipse avec agilité. Anne referme les battants, prend une grande inspiration et se dirige vers la porte de sa chambre. Il est temps : elle est en retard. Elle court aussi bien qu'elle le peut avec cette tonne de livres d'étoffe qui l'enveloppe. Et cache son couteau gainé au dos de son corsage.

Domaine Cormac, Savannah

Feu et glace mariés

William avait soigneusement concocté sa soirée : domestiques en livrées, chandeliers supplémentaires dans tous les recoins, profusion de mets à disposition et quelques flacons de vins français issus de tonneaux mis en perce le matin même. Il n'avait, de son propre aveu, jamais été aussi dispendieux. Ce disant, il coulait un regard un brin aigri vers sa fille, laquelle se tenait céans entre ses parents pour accueillir les invités. Encouragée et guidée par sa mère, elle pliait les genoux ou s'inclinait légèrement – selon l'importance du personnage – à chaque baisemain. Un gros homme, le teint rougi et la perruque de travers, les doigts boudinés et les bajoues transpirantes, s'était attardé sur son gant qu'il avait presque léché. Elle avait eu alors un sursaut, tout à fait volontaire, et lui avait asséné un léger soufflet sous le menton de bas en haut. La mâchoire de l'individu grassouillet avait claqué, soudain crispée comme si une araignée venait de la mordre. Anne s'en était platement excusée, prétextant un frisson malvenu. Mais personne, et surtout pas ses parents, ne pouvait se leurrer sur ses véritables intentions. Il suffisait d'observer son regard. Feu et glace mariés pour défier et tuer. Sa mère lui avait saisi le coude pour qu'elle s'assagisse.

Elle s'est reprise et patiente désormais non loin d'une imposante vertèbre de baleine exposée là par le sieur Cormac sans qu'elle y trouve quant à elle le moindre intérêt, si ce n'était d'improviser un dialogue muet avec l'os monumental pour se plaindre de ses escarpins à talons douloureux, à la pointe trop étroite pour ses orteils habitués à la liberté. À intervalles beaucoup trop réguliers, William vient lui présenter l'un de ses « amis », souvent un homme d'âge mûr à la chair lâche et à l'œil concupiscent. Chaque fois, son père prend soin d'énumérer, sans avoir l'air d'y toucher mais avec gourmandise, le patrimoine de l'impétrant, voire son pedigree. Anne laisse la conversation s'éteindre sans faire d'effort pour s'en cacher. Il finit par s'en rendre compte et la prend à part :

— Ma fille, vous m'aviez promis de vous comporter avec bienveillance. Or vous n'êtes rien d'autre que fort désagréable, absente ou peu s'en faut.

Il s'étouffe d'indignation :

— Ces gentilshommes que je vous présente, ce sont les piliers de notre communauté, des...

— Des cacochymes, père... Des vieux pervers riches et sans consistance auxquels vous m'exposez comme un agneau à l'abattoir ou un cheval aux maquignons. Fâchez-vous autant que vous voulez, grondez même. Je refuse ne serait-ce que de dévisager ces ganaches déconfites, n'étant point antiquaire.

Il trépigne sur place. Elle remarque Mary qui avance vers eux, sent qu'elle doit verser de l'eau dans son vin. Elle lui prend le bras, la voix cajolante :

— À tout le moins, faites en sorte que mes prétendants n'aient point l'âge d'avoir conversé avec Shakespeare de son vivant...

Il sourit malgré lui de la saillie, s'incline et la laisse enfin seule pour rejoindre sa femme.

Anne entend d'abord puis observe des musiciens, tenues orange criardes, s'installer sur l'estrade de circonstance montée au bout de la grande salle. Elle s'éponge le front. Il va falloir danser maintenant. Sika passe près d'elle, supportant un plateau large surmonté d'une montagne d'huîtres locales, « pêchées du matin même » comme l'invente et le clame son père dès qu'il les aperçoit. Le jeune homme lui offre un clin d'œil, la tête droite, le buste raide et la démarche souple. « Il a plus d'élégance que je n'en aurai jamais », sourit Anne sans aucune jalousie. « L'élégance » n'est pas ce à quoi elle aspire le plus.

L'orchestre entame le début d'une *country dance*[1], le fameux *Longways for as many as will*, très à la mode au siècle dernier, celui qui venait de s'achever. Anne lui préfère mille fois les chansons tristes et entraînantes de son enfance irlandaise. Il faut vivre avec son temps : elle se résigne une fois encore. Et lève la tête pour se retrouver face à trois prétendants. Deux d'entre eux lui tendent une main ferme pour l'inviter à danser. Ils s'observent l'un l'autre en loups, regards acérés, babines retroussées, poignets de chemises en dentelle agressifs et impatients. Prêts à se mordre entre eux pour obtenir le droit de transpirer atrocement et de s'agiter avec plus ou moins de grâce avec elle. Ridicules. Le dernier lui offre un bras hésitant, tremblant même. Une grosse goutte de frayeur coule le long de sa tempe droite affublée d'un tic qui la soulève en épilepsie incontrôlable. Elle plante ses yeux dans le gris des siens et l'observe.

1. Danse des bals du XVIe siècle en Angleterre qui perdure jusqu'au début du XVIIe.

Le teint pâle de ceux qui évitent le soleil, la vue basse, profonde et vague du grand lecteur à la bougie, la taille moyenne, sans défaut apparent, les traits fins, un nez aquilin, presque trop, des lèvres très roses, et des sourcils blonds qui ne savent rester en place : l'air pataud du jeune homme de bonne famille à qui l'on vient d'imposer une corvée.

Elle s'éloigne avec lui sous le regard furibond des deux autres.

— Père ou mère ? s'enquiert-elle avant même qu'ils ne dansent.

— Pardon ?

— Votre mère, je parierais pour votre mère, probablement cette dame un peu meringuée de rose qui nous regarde là-bas. C'est elle qui vous a contraint à venir me quémander cette danse…

Il rougit par plaques. Elles lui envahissent également les mains.

— Mademoiselle, je vous assure…

— Je vous assure, moi, monsieur, que je m'appelle Anne et que vous vous adresserez à moi comme cela. Oubliez le « mademoiselle », il m'importune. Ne soyez pas si raide. J'ai l'impression de m'appuyer sur un vieux bâton sec. Et ne m'en voulez point : je n'ai pas plus que vous envie de m'exhiber ainsi.

Elle interrompt leur marche et lui sert le creux du coude :

— Voici mon offre : nous accordons à nos parents le plaisir de nous voir danser ensemble une fois, une seule, puis vous serez mon chevalier servant toute la soirée et m'accompagnerez boire un verre dans les jardins, loin de ce spectacle affligeant. Et ne vous aventurez pas à me faire une avance quelconque, cela me mettrait de méchante humeur alors que je perçois un début de jubilation pour la première fois depuis le début de ce calvaire. Je vous propose de vous enchaîner à moi pour que je regagne un peu de liberté. Rien de moins. Rien de plus.

Ils quittent la grande salle de réception sous le regard fier et soulagé de William, suspicieux de Mary, jamais dupe de sa fille qui lui semble bien plus pêcheuse qu'hameçonnée. Celle-ci aspire une grande goulée d'air trop moite : elle avale, lui paraît-il, autant d'eau que d'oxygène. Le vent parvient jusqu'à eux et les rafraîchit malgré la chaleur. Ils s'assoient sur un banc en pierre, face au perron, dos à une haie frémissante. Elle a pris le temps de bombarder son partenaire de questions. Robert, de son prénom, est né ici sur la propriété de ses parents, des Écossais enrichis dans le commerce de bétail, jacobites notoires, poussés donc par les partisans de Guillaume d'Orange à quitter leurs Highlands natales pour ouvrir un comptoir sur ces côtes. Catholiques dans une communauté calédonienne essentiellement presbytérienne, ils souffraient d'un isolement social prononcé, tempéré maintenant par la proportion de plus en plus élevée d'Irlandais – papistes comme les Cormac – qui tentaient de se faire une vie dans ces parages. Ils ne tenaient plus en place depuis l'invitation de William. Et Aileen, sa mère, lui avait rebattu les oreilles sur le comportement à adopter, les attitudes souhaitables, face à la jeune fille de la maison.

— J'ai dû endurer une véritable torture sur l'art et la manière de vous aborder, de vous parler, de danser… Bref de vous séduire, avoue-t-il, la voix basse et chevrotante sans oser la regarder.

— Et pour tous, vous y aurez réussi. Félicitations !

— Sauf pour vous…

— Sauf pour moi… N'en soyez point marri, je suis une cause perdue et ne souffre pas que l'on me mette à l'étalage ainsi pour le moindre godelureau des environs. N'y voyez aucune offense : je vous extrais du lot. Vous m'avez aidée avec grâce et diligence et je vous en suis reconnaissante. Voilà tout. Et je vous remercie.

Elle feint d'ignorer le soupir… de son soupirant. Elle lui offre une bourrade amicale :

— Et dites-moi, Robert, vous rêvez ?

— De quoi ?

— C'est toute ma question. De quoi rêvez-vous ? D'espace, de liberté, de grandes plaines, de vaste océan, de richesses ?

Il croise et décroise ses doigts, hésite à se livrer, la regarde puis se lance, le ton soudain ferme et déterminé :

— Avez-vous lu *Philosophiæ naturalis principia mathematica* d'Isaac Newton ?

— Non, et je ne parle latin que sous le chevalet. Littéralement. Mon professeur a renoncé à me l'inculquer.

— Pour être simple, c'est un ouvrage de mathématiques qui explique le monde dans lequel on vit. Rien que cela ! Un génie, ce Newton. Tenez par exemple…

Il lui saisit un peu vivement le gant qu'elle tenait à la main et le jette haut en l'air. Il retombe dans l'herbe humide.

— Vous voyez ?

— Je vois que vous venez de souiller mon gant de boue. Non pas que je m'en soucie mais j'ai du mal à en percevoir le génie…

— Le maître explique pourquoi il n'est pas demeuré en suspension, pourquoi il est retombé… Et des centaines de lois de la physique. C'est cela que je veux être. Mon rêve. Un physicien. Un savant, si vous préférez.

Il exhale un air empli de frustration et de contrition. Ses plaques carmin réapparaissent, son tic facial retrouve une nouvelle vigueur. Elle sourit, cette fois conquise, bien décidée à s'en faire un ami. Il a sa place dans son cabinet personnel de curiosités humaines. Sika et Hatayé apprendront à l'apprécier. Certainement. Ils devisent maintenant dans un dialogue de sourds. Anne évoque l'océan, son horizon infini, ses dangers, ses trésors… Il réplique par le mouvement des vagues et des marées, s'en va chercher une brindille pour dresser un schéma sur la terre. Elle s'empare d'une branche tombée pour mimer un combat, il lui fait observer la puissance de l'effet de levier en la lui volant pour soulever le banc sur lequel ils étaient assis, retoque même sa prise sur le bois quand elle prétend se battre pour obtenir le plus de force. Il vulgarise, pour elle, les bases de la science balistique lorsqu'elle fait mine de se servir d'un pistolet.

Le brouhaha de la demeure, mélange de pas aux talons, de musique et de conversations de velours épicées d'éclats de voix, se rapproche d'eux. Quelques calèches sont avancées. La réception prend fin. Ils se lèvent. Anne cède à son inspiration du moment :

— Robert, que faites-vous demain au petit matin ?

— Rien de précis, nous devrons prendre la route, j'imagine. Nous allons passer la nuit dans les environs avant de rejoindre notre domaine…

— Si vous parvenez à obtenir un sursis – et je ne vous en voudrais pas si vous m'utilisiez comme prétexte –, venez avec nous pour une expédition…

— « Nous » ?

— Deux de mes amis et moi.

— Et dans quel but, cette expédition ?

— Visiter des pirates…

Sa peau pâle devient diaphane. Il passe sa main sur son front et perd le peu d'assurance qu'il venait de retrouver :

— Je ne suis pas certain de l'intérêt de la chose… Ces hommes-là sont effrayants et sans Dieu : ils ne craignent ni Ciel ni Enfer. Que comptez-vous en faire ?

— Rien. Observer. Comprendre. M'amuser. Vivre : éprouver une autre émotion que de mettre mes pieds et l'ensemble de mon corps au supplice pour complaire à mes parents ou aux vôtres…

Les quatre compères se retrouvent le lendemain affalés dans l'herbe trempée. Robert se contorsionne. Sa tenue eût mieux convenu à un cabinet de lecture d'une bibliothèque qu'à une expédition sur la côte. Hatayé s'était contentée d'un sourire poli en le saluant. Sika lui avait demandé, en fronçant les sourcils, s'il voyait quelque chose avec ses bésicles, désormais chaussées sur son nez fin, vaguement menaçant et un brin froissé de voir leur compagnie compter un membre mâle de plus. Les explications sans fin sur le moindre détail botanique le long de leur route avaient achevé de le convaincre : il ne comprenait goutte à ce que cet érudit racontait, cependant le jeune homme avait l'air passionné. La passion est contagieuse. Sika était contaminé. L'Indienne pestait contre la manie du petit nouveau de s'arrêter à chaque pas pour cueillir la moindre fleur et, aussi délicatement que lentement, l'insérer dans un gros ouvrage couvert de croquis. Elle n'avait cependant pas cédé à la tentation de l'abandonner à une très douloureuse expérience lorsqu'il avait avancé la main vers du sumac vénéneux.

— Si tu veux collecter cette plante, l'avait-elle prévenu, autant saisir un tison fumant et prévois une vigoureuse friction au vinaigre. Tu vas être couvert de pustules et te gratter pis qu'un chien pouilleux…

Il avait prestement retiré sa main, saisi un mouchoir puis la plante comme s'il s'agissait d'un échantillon de peste noire et l'avait laissée, cette fois-ci précautionneusement, emmitouflée dans le tissu. S'ensuivit une longue conversation avec la Creek qu'il estourbissait de questions sur la végétation toxique dans la région. Sika, plus jaloux que jamais, forçait le pas pour le fatiguer et prouver qu'il était bien plus en forme que cet intrus.

Le spectacle qui se déroulait sous leurs yeux avait mis un terme à leurs discussions. L'oncle de la jeune Indienne parlementait, accompagné de trois membres de sa tribu en tenue de parade, sans armes, avec un homme sous une tente *ad hoc* dont le toit consistait en une simple voile d'avant usagée. Le pirate, assis sur un tabouret en trépieds, avait allongé ses jambes sur un coffre assez volumineux. Anne ne regardait que l'objet en bois, renforcé par des sangles en cuir, persuadée qu'un trésor l'attendait là. Un butin des « gens de fortune ». Son imagination partait au galop et se représentait des pièces d'or, des lingots d'argent et des bijoux à faire pâlir le duc de Marlborough lui-même.

— Il lui propose de la verroterie, crache presque Hatayé, les lèvres plissées de mépris.

— Qui te dit que ce n'est pas son trésor ? l'interroge Anne.

— L'habitude de ce type d'affaires. Et ne pense pas que ce genre de « gentleman » exhiberait ses richesses sous le nez de « sauvages » comme nous. Jamais !

Ils peinent à percevoir autre chose que des silhouettes. Anne se sent frustrée. Elle veut se rapprocher.

Sika la retient. Trop dangereux ! Elle hausse les épaules et longe, en rampant, la crête sur laquelle ils se trouvent, pour la contourner et se dissimuler plus près du camp derrière un amas de grosses pierres grises. Ses compagnons l'ont suivie, réticents. Plus proches, ils peuvent désormais à loisir jouer les voyeurs.

Le commerce, semble-t-il, se porte au mieux. L'Indien, petit, trapu, agite les bras vers un tas de couvertures en hochant la tête. Son interlocuteur paraît approuver, hautes bottes et veston en chèvre par-dessus une chemise déchirée au niveau d'une manche, les cheveux bruns étrangement bien soignés, le teint hâlé des gens de mer et des yeux noirs perçants sur des pommettes proéminentes. Lui aussi parle avec force gestes. La pantomime fait glousser la Creek :

— Mon oncle parle l'anglais aussi bien que moi. Les missionnaires lui ont appris quand il était jeune. Il prétend être limité.

Elle prend un accent guttural grave pour ânonner :

— Moi, grand chef. Moi, prendre tes cadeaux tout gâtés. Toi, donner armes plus tard. Moi, rouler toi et ta face blanche dans la farine…

Les autres s'esclaffent. Puis se figent. Trois hommes s'approchent d'eux par-derrière, sabres bien en vue.

— On ne bouge plus, les mignons ! s'exclame l'un d'entre eux qui boite franchement et s'exprime avec l'accent gras du nord de l'Angleterre.

Les quatre amis sont fermement invités à les précéder et à descendre sous surveillance vers la plage et la tente de leur chef. L'oncle d'Hatayé l'aperçoit mais si son regard panique, son visage ne trahit rien. Ils le dépassent et se rangent en rang d'oignons face à celui qui daigne lever les pieds de son coffre.

— Tiens donc, qu'avons-nous là ? Des espions ? Quelle drôle de compagnie : trois hommes et une femme, un nègre, une Indienne et deux Européens… Trouvez-moi une bonne histoire à me raconter. Je crains que votre vie à vous trois – il désigne Anne, Robert et Sika – ne soit sur la balance. La Peau-Rouge est une femme, elle repartira avec le grand chef.

Il se retourne vers lui et s'incline :

— Je m'y engage. Parole d'homme de fortune et parole de John Auger.

Anne, aux anges tout d'abord d'avoir été prise pour un homme, déglutit difficilement, est tentée de lui révéler qu'elle est une dame mais pense à ses deux autres compagnons et se ravise. Le boiteux la bouscule en passant derrière elle. Sans trop y réfléchir, elle pivote et lui assène un coup de poing sur le visage, à côté de la tempe. Il vacille, pose la main sur sa joue, remarque qu'il saigne de l'arcade et tire son sabre. Anne tient déjà son couteau avec fermeté, comme le lui avait appris Colm, lame vers le bas, tranchant vers l'adversaire, légèrement à l'horizontale.

— Cela devient intéressant, sourit Auger. Poursuivez et faites-leur place !

— C'est injuste ! s'écrie Robert avant de prendre un ton tout aussi sentencieux que paniqué. Un couteau ne peut rivaliser contre un sabre. L'allonge est trop déséquilibrée…

Les hommes qui font cercle désormais autour d'eux acquiescent dans un murmure. Leur capitaine approuve. Le rival d'Anne laisse alors tomber sa longue lame et saisit à son tour son poignard. L'Irlandaise lève un bras et prend un ton de baryton faussé :

— J'ai besoin de m'essuyer : une goutte de sueur dans l'œil…

Sous les moqueries, elle s'approche de Robert, lui glisse une confidence à l'oreille. Il plonge sa main dans sa poche et en ressort un mouchoir froissé. Les quolibets repartent de plus vive. Elle rit de bon cœur, faussement contrite, et s'approche de son opposant, exhibe le linge, toutes dents dehors, comme pour lui confirmer, en toute autodérision, son propre ridicule. Il s'esclaffe… et ne peut reculer assez vite quand elle le lui applique sur le visage avec le sumac qui s'y trouve. Les yeux sont atteints. Il crie de douleur, lâche son arme, et se frotte la face. Désespéré, il court vers la mer et y plonge la tête en vache dans son abreuvoir. Ses hurlements deviennent gargouillis et bulles.

Anne abandonne son poison végétal sur le sable, se retourne et remet son couteau au fourreau. Calme et apaisée, elle murmure quelques mots incompréhensibles et sourit.

— Que dis-tu ? lui demande le pirate. Parle ! Ton esbroufe était joliment troussée mais ta vie est encore en balance.

Elle le toise et articule :

— Se battre pour exister, pas faute d'exister.

— Belle devise, s'exclame-t-il en riant. Je te l'emprunterai. Donne-moi ton nom au moins. Si tu me jures sur ta propre tête, et il se pourrait bien qu'elle soit en cause, de garder le silence, je te laisse repartir. Je vous laisse tous repartir… De toute façon, nous en avons presque terminé ici. Il va être temps de retrouver la mer.

Il marque une pause et observe de nouveau l'homme qui se tient devant lui :

— Et si tu veux rejoindre mon équipage. Cela se peut. On a toujours utilité d'un marin malin et teigneux dans ton genre…

Anne frémit malgré elle. Tentée. Muette. Elle regarde ses compagnons. Robert, terrorisé, Sika, apeuré mais digne, Hatayé déjà près de son oncle… Partir maintenant… Peut-être… Mais point en les laissant là, pas sans revoir sa mère, pas sans adieux convenables à ses parents en guise de lourds bagages. Si elle comprend qu'elle ne saurait vivre sans regrets, elle refuse d'embarquer des remords. Elle secoue la tête, remercie courtoisement, prend soin d'éviter de confier son patronyme et, sans autre forme de procès, marche vers la crête, aussitôt suivie par ses compères.

— Toi, là-bas, lui crie-t-il encore. Si tu changes d'avis, tu me trouveras à Providence ou dans ses eaux. Souviens-toi : demande le capitaine Auger !

Elle lève le bras, de dos, en guise d'au revoir silencieux et presse le pas.

Nouvelle colonie de Charlestown

Vivre forte, fière et heureuse. Longtemps.
Très longtemps.

Anne arpente sa chambre à grands pas. Impossible de dormir. Ses pensées tourbillonnent, un siphon qui l'entraîne vers des fonds rocailleux et sombres qui lui écorchent l'esprit. Elle se noie. Et si elle avait accepté de partir ? Et si elle s'entêtait à vouloir rester malgré un mal-être évident ? Et si ses parents avaient raison ? Et si elle devait se fondre dans le creuset commun ? Et si elle n'était au bout du compte que victime d'humeurs décuplées dues à la femme qu'elle était devenue ? Et si elle n'était pas vraiment devenue femme ? Et si elle n'était pas femme du tout : une simple erreur divine lui aurait-elle fait envelopper une âme masculine par un corps féminin ? Et si…

Mary entre sans frapper. Exaspérée par les bruits des talons de sa progéniture sur le parquet, en tenue de nuit, des cernes larges et noirs sous les yeux. Sa fille vient à sa rencontre se plante devant elle. Et s'effondre en pleurs.

Elles s'agenouillent, s'étreignent, à même le sol. Les sanglots des épaules musculeuses de la jeune femme font tressauter tout le corps de sa mère qui finit par enserrer ses tempes entre ses paumes calées d'ancienne servante. Elle la regarde intensément, amoureusement. Elle comprend. Tout : sa peine, sa douleur, ses doutes et la frustration. Anne se calme sous la tendresse maternelle, se recroqueville, vient retrouver l'innocence fœtale. Elle ramène ses genoux sous sa poitrine et pose sa tête sur les jambes de Mary. Elles se taisent. Une rafale de vent vient agiter les feuilles de l'érable sous la fenêtre. La dame de la maison brise le silence :

— Tu es exceptionnelle, mon bébé. Mon trésor. Mon seul et unique trésor. Une déesse. Une femme rebelle, tempétueuse et farouche. Rien de grave à cela puisque c'est sans arrogance. Nos plus belles légendes, chez nous, regorgent de héros fabriqués ainsi et personne ne s'en est jamais plaint. Ton caractère aventurier fait de toi un être à part dans ce Nouveau Monde, en particulier celui de ton père et de ses prétentions, cela ne signifie point que tu doives le considérer comme une malédiction. Plutôt une bénédiction, un don de Dieu. Je suis si fortunée d'être ta mère. Tu disposes d'une puissance que je n'ai jamais rencontrée, jamais eue. De quoi vivre forte, fière et heureuse. Longtemps. Très longtemps.

Sans même le vouloir, par réflexe, elle berce sa fille qui a fermé les yeux, entend sa mère de loin presque sans comprendre des phrases ouatées dans un confort amniotique. Un mot l'atteint pourtant : « fière ». Elle se redresse, essuie ses joues mouillées et renifle bruyamment. Son regard retrouve le feu que les larmes avaient éteint. Elle s'excuse d'avoir empêché la maisonnée de se reposer, promet qu'elle va se coucher et dormir « comme un bébé ». Mary tente de se relever. Elle peine. Un râle mal maîtrisé, un geignement, et elle retombe sur le sol comme un tas de chiffon. Anne se précipite et s'inquiète. Elle la rassure très vite : la fatigue de la soirée et de ses préparatifs sans doute… Et cet air local jamais sec et toujours chaud…

— Les pâtures de Farrangalway et leurs murets fouettés au froid me manquent, explique-t-elle, je n'aurais jamais cru ressentir cela un jour…

Sans mot dire, Anne va saisir sa chandelle et profite de sa lumière pour observer le visage de sa mère. Elle plisse les yeux puis l'aide à se relever sans rien ajouter.

Mary quitte sa chambre, légère et silencieuse, le souffle court. Sa fille s'effondre sur son lit et s'endort en se demandant où trouver un docteur convenable dans ce cul-de-sac marécageux qu'est Savannah…

Elle a pris soin de s'habiller avec une robe jaune paille ceinturée en soie bleu, cadeau de son paternel, pour le petit déjeuner. Il écarquille les yeux de surprise, se rengorge, persuadé d'avoir enfin été entendu, et l'invite à s'asseoir.

— Je vois que tu es apprêtée, lui dit-il. La réception a eu le mérite de te faire comprendre à quel point il vaut mieux être féminine et élégante dans ce monde. Je te remercie d'avoir consenti cet effort…

Il se penche par-dessus les nombreux plats et lui adresse un clin d'œil de bateleur :

— Et tu m'en diras plus sur ce Robert Fraser. Il m'a paru à ton goût…

— Il est charmant, le coupe Anne, et très érudit. Je l'aime bien. Je ne viens pas vous parler de cela. Connaissez-vous un bon médecin dans les environs ?

— Tu es malade ? Tu te sens bien ? À moins que… Non ! Tu n'as pas… Tu n'es pas allée « jusque-là » avec le jeune Fraser. Vous n'avez pas fricoté… Cochonnerie d'Écossais ! Je savais bien qu'on ne pouvait pas se fier à cette race de barbares en jupons !

— Non ! Enfin pour qui me prenez-vous ? Je crains, très cher père, que vous n'attendiez encore très longtemps avant que nous n'ayons une telle conversation, si jamais nous l'avions un jour. L'homme que j'épouserai me paraît tout simplement n'avoir pas été encore inventé et n'être pas près de l'être.

Elle se lève, à bout de nerfs, mais se reprend :

— Ce médecin ? Où le trouver ? C'est pour maman... Elle est malade.

— Pas malade. Faible, seulement faible. Tout va bien. L'émotion de la soirée et tes frasques constantes n'y sont pas étrangères par ailleurs...

— Non, papa. Elle souffre de la fièvre. J'entends que tout est pour le mieux dans votre paradis des nouvelles colonies mais votre femme, ma mère, est souffrante. Réveillez-vous ! Elle a besoin d'un docteur !

Elle frappe la table de son poing. Le verre de vin de son père se renverse. Les tranches de volailles paraissent un instant s'être réanimées, tentées de s'envoler. Il la fusille du regard et comprend qu'elle est réellement inquiète.

— Il me semble avoir entendu qu'un excellent homme de la faculté officie à Charles Towne, ou Charlestown, comme ils disent désormais. Un certain Le Bréno, un Français. Contre toute attente, il aurait sauvé le fils d'une sommité locale du mal du côté grâce à une opération inédite, si je me souviens bien de ce que l'on m'a raconté. J'en ai lu aussi le récit dans la gazette...

— Me permettez-vous d'aller le quérir ? demande-t-elle en se promettant *in petto* d'ignorer sa réponse si elle s'avérait négative.

— C'est une vraie expédition, la ville est à plus de 35 lieues et demie[1] d'ici. Il ne convient pas à une…

— Je vous promets de faire au plus vite et de ne rien tenter d'extravagant. Je demanderai à Robert de m'accompagner.

— Certes, s'il se porte garant. Je dois en parler avec ses parents…

— Mère n'a plus le temps. Je pars dans l'heure.

Le visage de son paternel se renferme soudain. Il prend conscience de la condition de sa femme, se proposerait bien d'y aller puis renonce. Son indécision le panique et vient nourrir sa velléité. Sa propre lâcheté l'épuise. Ses traits s'affaissent. Il se racle la gorge. Tente de se redresser mais demeure voûté, touché, vieilli. Il sonne de la clochette pour qu'on lui apporte son carnet d'ordres et confie un billet signé d'une fort jolie somme à sa fille pour qu'elle puisse réquisitionner le médecin sur-le-champ et parer à toutes éventualités. Il y ajoute une bourse avec quelques guinées. Elle s'éloigne. Il s'effondre.

Anne se change et retrouve ses habits masculins, foulard sur les cheveux compris. Elle part à la recherche d'Hatayé et de Sika. Et les trouve fort occupés à étêter des poules récalcitrantes dans une nuée de plumes éparses. Elle leur explique en peu de mots son urgence, ajoute qu'elle dispose de la calèche de service légère et rapide de son père et, bien entendu, du cheval qui va avec. L'Indienne secoue la tête, désespérée :

— Je te jure devant ton dieu et le mien que je voudrais venir mais ils sont en guerre larvée avec mon peuple dans ces terres-là. Et as-tu entendu parler de la tribu des Chactas ?

1. 35,6 lieues exactement, soit 107 miles (172 kilomètres).

— Jamais.

— Normal, c'est là-bas, dans cette ville maudite, qu'ils ont quasiment tous été réduits en esclavage et envoyés dans leurs îles en mer pour travailler… Ils ont disparu.

Elle se tourne vers son ami :

— Et si j'étais toi, pardonne ma franchise, je n'irais pas non plus. Quand il n'y a plus d'Indiens à entraver, ce sont les Nègres qui héritent de leurs chaînes. Je sais que le domaine Cormac est plutôt bienveillant avec ses Noirs, franchement laxiste avec toi, mais ce n'est pas le cas partout. Tu risques très gros à y aller.

Il se redresse, réfléchit puis se décide :

— Je viens. Et je t'appellerai maîtresse. On jouera leur jeu. Je m'en voudrais toute ma vie s'il t'arrivait quelque chose parce que j'ai eu peur de ma couleur de peau ! Et l'on passe prendre Robert au passage. Un couple de blancs-becs, un « Négro », comme disent ces bâtards, pour les servir… Rien d'anormal. Le tour peut les leurrer.

Robert n'avait demandé qu'un instant, le temps de prendre une grosse sacoche – ses « instruments », disait-il – pour les rejoindre sous l'œil circonspect de ses parents qui commençaient à se demander si cette « lady Cormac », avec ses airs de coureur des bois, n'allait pas finir pas faire occire leur seul et unique enfant. Ils eurent la grâce cependant de leur indiquer la plantation Campbell, l'un de leurs compatriotes issu d'un grand clan écossais, qui les accueillerait volontiers sans doute à mi-chemin s'ils venaient de leur part.

Ils y auraient passé une nuit confortable si Ian, le patriarche, n'avait décidé, malgré leur fatigue, de leur démontrer que la cornemuse valait infiniment mieux que le clavecin et que « toutes autres fariboles aux sons pincés d'eunuque ». Il avait soufflé dans sa besace à tuyaux deux longues heures durant, simplement vêtu d'une chemise à jabots et d'une couverture à carreaux bleue et verte plissée qui partait de ses épaules pour s'entortiller jusqu'à ses genoux. Et manqué de faire s'étouffer de rire Anne qui avait besoin de se détendre et en profitait, malgré la très nette sensation que l'on égorgeait des verrats sous ses yeux dans le grand salon.

Épuisés, poussiéreux et conscients de l'urgence, ils arrivent enfin dans la ville portuaire : cabanes en bois, entrepôts et maisons d'armateurs, solidement charpentées, sur le rivage, belles demeures et allées bien tassées, bordées de grands arbres, en son centre. Ils avisent quelques promeneurs, les mieux habillés, et s'enquièrent du médecin français. Haussements d'épaules et regards fuyants.

— La bonne société de Charlestown n'est pas très aidante, constate, amère, la jeune fille.

— On va tenter une autre méthode, propose Sika, qui saute de la calèche pour se diriger vers un groupe de Noirs qui chargent une charrette de farine sous les yeux d'un Blanc, le nez de travers et fraisé d'alcool, fouet au côté, chapeau de paille vissé sur la tête.

Sans rien dire de prime abord, Sika s'approche d'un grand sac, le plus lourd, et se penche pour le soulever. Les autres travailleurs font une pause et l'observent.

— Trois shillings qu'il n'y arrivera pas, ce gringalet ! se gausse le contremaître.

— Tenu ! propose Anne qui se tient près de son ami et exhibe la somme du pari sous les yeux de l'ivrogne afin qu'il puisse juger de son sérieux.

— Fais levier ! Cuisses et dos. Pas bras ! conseille en criant Robert de son siège de cocher avant de vérifier alentour qu'il n'a dérangé personne.

Sika écarte les jambes, s'accroupit presque, saisit le fardeau, virevolte soudain, se détend comme une fronde de trébuchet et se redresse, le poids sur ses épaules. Il le jette sur les autres, regarde le butor sans mot dire, avec son sourire à éblouir le soleil. Anne s'approche pour récupérer ses gains. De mauvaise humeur, le balourd lâche ses pièces dans la poussière et s'éloigne en maugréant des mots incompréhensibles mais relativement clairs sur ce qu'il pense de Sika et de ses congénères.

— C'est du français, s'exclame Robert de son perchoir.

— *Et alors*[1] *?* lui répond l'individu dans cette langue d'un air mauvais.

S'ensuit un dialogue avec le jeune homme, à grande force de moues et de gestes erratiques qui laissent Anne et Sika pantois. Satisfait enfin, Robert articule « *Merci* » en s'inclinant légèrement. Son interlocuteur se mouche par terre et retourne vers sa besogne.

— Tu parles français ? demande Anne, admirative.

— *Bien sûr,* lui répond-il dans cet idiome chantant, avant de retrouver sa langue maternelle. Si tu veux lire le fabuleux traité *Instructions pour les jardins fruitiers et potagers* de La Quintinie, tu n'as pas le choix. Bref, le médecin tient, semble-t-il, cabinet non loin de la chapelle catholique et de son jardin. Dans cette direction…

Il tend le bras vers l'ouest.

Ils ne tardent point à trouver l'endroit. Une maison haute de trois étages, fort bourgeoise, les toise de toute sa hauteur. Un domestique, raide, cheveux blancs sur les

---

1. Les phrases en français sont en italique.

épaules, les accueille. Il leur signifie que « monsieur le docteur » est occupé à soigner une patiente. Qu'il devrait être disponible dans très peu de temps. Ils attendent dans une salle aux murs encombrés de tableaux représentant tous une contrée sauvage : côte de granit, mer déchaînée et criques isolées, ciel noir percé de rayons de soleil apaisants. Anne pense à l'Irlande. Elle y trouve une subtile différence : les couleurs plus chaudes peut-être, la mer plus sage malgré tout, les rochers moins écartelés...

Un homme vient couper court à ses observations, la quarantaine alerte, les cheveux poivre et sel, les yeux marron comme habités d'une prescience et griffés de part et d'autre par des rides rieuses, particularité renforcée par une bouche qui ne semble que pouvoir sourire en ne se redressant que de la commissure droite. Il se présente en français :

— *Docteur Le Bréno, pour vous servir.*

Robert tente de lui répondre dans la langue de Molière. Il est interrompu par Anne, pressée, qui lui explique en peu de mots et en anglais l'état de sa mère.

— Et j'ai clairement remarqué à la lueur de la bougie, conclut-elle, que sa peau et le fond de ses yeux prenaient la teinte jaune d'un vieux cierge d'église.

— La fièvre des marais, lui répond-il immédiatement. Sans aucun doute, si vos observations sont justes et elles me paraissent l'être.

Il s'assoit sur un fauteuil face à eux et pose ses mains sur ses genoux comme un enfant sage, la voix empathique.

— Entendez-moi, je comprends votre inquiétude et elle me semble justifiée. C'est là tout le problème : on ne sait pas guérir cette maladie. *Nom de Dieu !* On ne sait toujours pas comment on la contracte. L'eau pestilentielle, la chaleur et ses vapeurs empoisonnées, la végétation, les moustiques ou n'importe quel autre agresseur volant ou rampant de ces parages ? C'est le mystère. Ce que je veux vous signifier, c'est que, quand bien même je me déplacerais jusqu'à elle, il n'y a que d'infimes chances pour que je puisse faire quoi que ce soit. Elle survivra grâce à sa propre constitution et sera guérie ou sinon... Je crains que vous n'ayez fait ce long voyage pour rien. Vous m'en voyez désolé. *Pardon.*

Anne se lève, le regard humide, les poings fermés. Elle peine à trouver ses mots, finit par fixer intensément l'une des œuvres exposées dans la pièce :

— Quels paysages cela représente ? demande-t-elle, la voix blanchie par l'angoisse.

— Mon pays, ma province, si vous préférez : *la Bretagne*. Je les ai tous peints moi-même, pour me rappeler, pour être encore un peu chez moi au bout du monde, d'une certaine façon.

— Ma mère est tout cela et plus encore, elle est mon chez-moi, comme vous dites, la seule qui me comprenne, la seule qui perçoive autre chose qu'une cause perdue quand elle me regarde. Nouveau Monde, Ancien Monde... Tout cela n'a aucune importance. C'est elle, mon monde ! Et croyez-moi, je n'ai aucune nécessité de portraits d'elle pour le savoir !

Elle s'approche à le toucher, violente dans son désespoir, émouvante dans sa détresse. Le médecin s'écarte, contemple longtemps l'une de ses toiles : des grandes pierres grises debout qui tracent plusieurs voies dans une lande de bruyère sous un ciel orangé de crépuscule. Il se retourne, l'air grave et pénétré. Puis retrouve son rictus sympathique :

— Cela vous dirait de prendre la mer ?

Le Breton déhale en souplesse la chaloupe de la grève. En habitué. Il a pris le temps d'expliquer à chaque membre de son « équipage » ce qu'il attendait de lui. Chacun est à son poste. Anne et Sika redressent le mât qui restait couché dans la chaloupe, l'emboîtent dans le banc et le puits prévus à cet effet, le calent fermement. Robert tend les écoutes et les drisses pour les ajuster aux espars, le docteur chantonne à la barre, amène le bateau au vent qui glisse soudain plus vite, comme ravi de reprendre du service, de revivre.

Ives Le Bréno les avait gardés en sa demeure pour la nuit et les avait réveillés avant même le lever du soleil. Il avait été intransigeant : ils prendraient sa chaloupe – un paiement en nature d'un négociant des environs – pour se rendre à Savannah. « Beaucoup plus rapide que la calèche… et cent fois plus confortable », avait-il argué. Il renverrait chariot et cheval grâce à l'un de ses serviteurs.

Ils profitent désormais de la navigation et de la fraîcheur de la brise créée par l'embarcation. Robert ne tarit point de questions sur le maniement du navire, celui du compas, sur l'impact du vent… Patient, l'homme de la faculté lui répond, précis, scientifique. Anne se tient à leurs côtés, absorbe le tout sans rien dire et lorgne sur la barre franche comme une gamine sur un sucre d'orge. Le médecin le remarque et se déplace :

— Au gouvernail, pilote, l'invite-t-il, le pont vous appartient.

Elle se saisit du bout de bois, teste la résistance à l'eau du safran[1], son action sur la direction et sur

1. Planche de bois large et verticale plongée dans l'eau qui permet de donner sa direction au bateau.

la toile. Elle souffre un peu du dos, tente de s'installer. Le Bréno la positionne, les épaules droites, les jambes détendues, le bras légèrement plié sur le bois. Il pose son compas sur les cuisses de la navigatrice en herbe. Lui indique un chiffre et lui montre le cap à suivre : « 180 degrés, plein sud ». Nonchalamment, il se déplace vers la proue, la laissant seule manœuvrer l'esquif.

— Vous vous éloignez ? demande Anne, soudain terrorisée d'en avoir seule la responsabilité.

— Que nenni, lui répond-il, je vais observer les fonds, que nous ne heurtions point un récif… Vous vous débrouillez très bien !

Un poisson qu'elle ne peut identifier vient faire un bond bruyant dans l'eau, tout près d'elle. « Oui, lui dit-elle, tu as raison : cet homme est inconscient, très léger… Je vais nous couler pour de bon et plus vite qu'il ne le pense. »

Elle sent comme un défaut dans la progression du bateau, un relâchement sous ses doigts. Sans rien dire, elle bloque le gouvernail avec un cordage, se lève pour corriger une écoute[1] et manœuvrer la vergue, se rassoit et teste son allure à petits coups de barre rapides. Cela semble être mieux : le navire ronronne à nouveau.

Le docteur, le regard toujours fixé sur l'horizon, de dos, tend le bras vers un cap un peu modifié. Elle s'exécute. Il se retourne, un franc sourire approbateur sur le visage. Une vague vient à contre, la coque gîte très légèrement, quelques embruns les dérangent. Ils rient tous, oublieux en mer des soucis terriens.

---

1. Cordage servant à modifier l'angle d'une voile au vent.

Le soleil sombre dans la mer en boulet rouge. Le médecin a repris le contrôle de l'embarcation et chargé Sika, à l'avant, de veiller, autant qu'il le peut à la lumière de la lune, qu'ils ne s'écorchent pas sur un rocher. Anne, calée entre la grosse sacoche de Robert, une rame fort inconfortable et une voile de rechange, ne parvient pas à dormir. Les yeux fixés sur les étoiles, elle culpabilise de se sentir si heureuse, s'en veut d'oublier sa mère.

— Tu ne dors pas ? remarque Le Bréno.

— Je crains de n'être pas tout fait normale : comment puis-je me sentir d'humeur aussi joyeuse et sereine alors que ma mère peut mourir d'un jour à l'autre ? Quel monstre suis-je devenue ?

— Un sacré monstre, *oui*. Le pire de tous, le plus féroce : un être humain. La mer, *mademoiselle,* est notre liquide originel, notre bain de naissance et notre essence même. Elle recèle et dévoile tout ce que nous sommes, tout ce que nous ressentons, et l'amplifie.

Il glousse et prend le ton d'un vieux barbon en se rengorgeant :

— D'un point de vue purement scientifique et en tant que chirurgien du bord, je suis convaincu qu'elle panse tes plaies intimes mieux que ne le ferait le plus abouti des bandages ou le plus travaillé des baumes.

— De votre avis d'« expert » donc, je suis normale. Rien de monstrueux ?

— Il me semble qu'il est évident que non. Tu ne l'es pas, « normale ». Et c'est une bonne nouvelle : la norme écrase sans valoriser. En revanche, tu as la mer dans le sang. Je peux t'en assurer. On ne peut ni tricher, ni piper les dés avec cela.

Elle s'endort enfin, bercée par deux voix, celle du frottement des flots et, plus lointaine, celle de sa mère qui lui promet de vivre forte, fière et heureuse. Longtemps. Très longtemps. Elle supplie Dieu de lui retourner la faveur.

Entrepôts de Savannah

Vivre comme on le veut, mourir comme on le doit

La demeure n'autorise plus que les bruits feutrés. Même les oiseaux semblent l'éviter, piailler de loin, respectueux. Le vent la frôle. L'on n'y marche plus, on y glisse. Anne quitte le lit de souffrances de sa mère. Le docteur Le Bréno la suit, pince le bas de son menton, fourrage sa tignasse, hésite puis se décide à lui confier le fond de sa pensée :

— *Je suis désolé* mais c'est maintenant. Si tu veux lui dire adieu, c'est le moment. Elle va délirer encore quelques heures et s'éteindre, nous quitter. C'est hélas inévitable, désormais. On a fait mander le père O'Reilly pour le dernier sacrement. Je ne peux faire mieux que de la saouler au laudanum[1] et l'aider à effectuer son dernier voyage sans trop de douleur…

La jeune femme incline la tête. Plantée, immobile et seule dans le corridor, bras ballants, poitrine en dedans. Elle marche jusqu'à sa chambre, en ferme soigneusement la porte. Elle ôte sa robe, une tenue qu'elle adopte depuis des jours pour ne pas, en sus de la maladie de Mary, supporter les récriminations de William. Elle extirpe sa culotte d'homme, sa chemise et son ceinturon

1. Extrait d'opium, peu ou prou le seul anesthésique de l'époque.

de sa malle, enfile le tout et saisit son couteau sous son matelas. Elle passe devant son miroir, saisit le bas de ses cheveux en une grosse mèche compacte qu'elle fait tenir tout entière dans son poing, la coupe, relâche prise. Elle repousse du pied les boucles mortes et les observe en reliques d'une vie passée, effacée et déjà lointaine. Sa coiffure imite maintenant celle des mauvais garçons, ou des pirates : elle s'achève à la naissance de ses épaules. Elle la lie en catogan et la couvre de son foulard marron blanchi de sel et de sueur. Elle le presse contre son nez. Odeurs d'iode, de transpiration et d'algues. Pieds nus, elle retourne voir sa mère, s'avance et coule un regard menaçant vers la grande croix au-dessus des baldaquins, en bois de chêne irlandais noirci, accrochée là depuis aussi longtemps qu'elle s'en souvienne, inutile et vaine.

Inconsciente, affreusement marquée, amaigrie, la peau en feuille jaunie d'un vieux livre, étirée sur les os, Mary est alitée sur le dos. Son buste se soulève contraint par une respiration entravée par la fièvre. Ses mains sont déjà croisées sur la poitrine, doigts de squelette – ou peu s'en faut – enlacés. Anne l'embrasse sur le front. Murmure des « je t'aime » en psalmodiant, le visage sans expression. Elle ne peut se retenir de regarder le ciel par la fenêtre.

— Je te la confie, s'adresse-t-elle à Dieu. Traite-la bien. Mieux encore : chéris-la en trésor. Mon trésor. Je viendrai bien un jour la rejoindre et la réclamer. Et si tu n'en prends pas soin, par tous les diables de la terre et d'ailleurs, je viendrai te faire la peau ! Dieu ou pas…

Sa prière a abîmé le barrage émotionnel qu'elle s'est imposé. Elle pleure. Se reprend, réajuste sa ceinture, saisit sa lame gainée à l'indienne, un cadeau d'Hatayé, et l'observe longuement, comme si elle la voyait pour la première fois. Elle caresse le manche poli sous sa prise, rugueux et brut à ses extrémités, son tranchant bien entretenu qui renvoie la lumière du jour en éclats d'argent. Elle le dépose cérémonieusement entre les mains de sa mère, en crucifix. Un dernier baiser puis elle s'apprête à la quitter. Son père, sans doute averti par le médecin, entre à son tour, avise sa femme, se recroqueville sur lui-même. Il remarque le couteau, fronce les sourcils. Il n'a pas le loisir d'ouvrir plus avant la bouche. Elle se plante devant lui, toute violence contenue, les poings serrés, la mâchoire crispée, un zygomatique battant tambour sur son visage :

— Cela l'aidera là où elle va, où que ce soit, d'ailleurs. À se défendre, peut-être. À se souvenir de moi, de ce que je suis et de ce que je veux, certainement.

Elle crache plus qu'elle ne prononce ces derniers mots :

— Ajoutes-y ce que tu désires, chapelet, fleur, souvenirs et tous les atours qui conviennent à ton joli monde. Peu me chaut mais songe seulement à la priver de mon couteau et je te jure, père, que je te meule les os en poudre. Suis-je claire ?

L'homme recule d'un pas, dominé, horrifié et effrayé par sa fille. Il baisse la tête, consent sans mot dire puis s'éloigne en traînant les pieds vers la couche de son épouse. Anne les laisse seuls, descend les marches du grand escalier sur la pointe des pieds. Elle franchit le perron, toujours comme si elle ralentissait volontairement son allure, remarque Sika et Hatayé assis sur le banc du jardin et Robert debout, face à eux, mines sombres et gestes lents. Elle s'incline légèrement pour leur signifier qu'elle les a vus mais ne souhaite pas leur parler. Elle court. Aussi vite qu'elle le peut, ignorant les blessures qu'elle inflige à ses pieds nus ou les coupures des épineux sur ses mollets. Droit vers le rivage. Vers la mer.

Essoufflée, elle feint de croire que ses joues ne sont mouillées que de pluie, tente de sourire comme un défi. Échoue et se plante devant la chaloupe du médecin, amarrée à une souche, sagement ballottée au bout de sa longue corde par des vaguelettes annonçant la marée montante. Elle se plie en deux, mains sur les genoux, et hurle. Un vol d'aigrettes blanches accompagne son cri jusqu'au ciel. L'embarcation dodeline encore, accueillante et berçante. Elle s'en approche, entre dans l'eau à mi-jambes et grimpe à bord. Elle déplie la voile couchée et sagement rangée près du mât allongé sur le fond du bateau. Il ne pleut plus. Elle s'enroule dans la toile, tête sur le banc de nage. Et s'endort, le corps et l'âme secoués par de profondes reprises de respiration et de longues expirations pour égarer sa peine au vent du large.

La fraîcheur de la nuit vient la déranger de concert avec l'odeur boucanée d'un feu de bois humide et de sa fumée âcre et épaisse. Ses amis veillent sur elle, de loin. L'Indienne a fabriqué à la hâte un assemblage de branches et de couvertures qui leur offre un abri. Sika a dégoté un cuissot de chevreau dans les cuisines et le tourne à la broche. Robert l'assiste en silence. Il alimente le foyer avec soin en ajustant les bûches en pyramide tel un architecte maya.

Elle vient les rejoindre, goûte un peu de viande, fait la moue sous sa bouchée trop crue, et s'assoit pour se réchauffer. Son amie s'approche, les mains occupées par un bol en bois et son pilon. Elle glisse deux doigts dans son récipient et les passe sur son propre front, maintenant maculé d'un bandeau bleu d'indigo. Cérémonieusement, elle applique sa teinture sur le visage d'Anne et de Sika.

Robert recule d'abord puis cède et penche même le cou pour l'apposition. Il soupire, effleure son marquage de la pulpe de son majeur, le teste sur son pouce et rompt le silence qu'ils s'imposaient tous :

— Je ne me voyais pas trop en Indien jusqu'à présent…

Hatayé et Sika sourient sans retenue, glissent un regard vers Anne et, encouragés par sa mine, s'autorisent à rire à gorge déployée.

— Merci, se contente de leur dire leur amie.

Depuis la mort de Mary, Anne condescendait à partager une fois par jour un repas avec William. Liés par son souvenir, leurs relations s'étaient apaisées sans effort apparent.

Ce souper intrigue pourtant Anne. Son père lui a demandé de le rejoindre plus tôt et Sika lui a confié qu'il a mis en perce un tonneau de vin de Bourgogne. Elle a remarqué que la cuisine bruissait d'activités et de personnel supplémentaire. Obéissant à un accord tacite, elle s'apprête en robe devant un miroir. Son image lui paraît différente : ses joues ont disparu, asséchées par des traits qui tirent vers le bas. Son menton, désormais bien décidé, descend trop en triangle. Elle se rassure en lâchant ses cheveux qu'elle refuse de laisser pousser à peine au-delà de la naissance de son cou. Elle étire son bras, poing serré un peu vers l'arrière et tâte son biceps. Satisfaite, elle fait jouer ses trapèzes. Elle sourit : l'entraînement auquel elle s'astreint, en secret, avec un sabre de décoration oublié par son paternel, d'un poids qui l'étonne encore, commence à payer.

Elle retrouve William fort occupé à deviser avec un homme à l'embonpoint réservé à son seul estomac : plat de pectoral, maigres bras, jambes fines mais ventre comme enceint, un visage hâlé où percent deux yeux marron vif.

Les présentations de rigueur lui confirment ce qu'elle imaginait :

— Capitaine Chessum, s'incline-t-il sur le dos de sa main. Commandant du HMS le *Royal Oak*. Pour vous servir.

Il s'est déplacé avec quelques-uns de ses officiers. Elle les salue aussi brièvement qu'elle le peut et se contente de suivre les conversations de loin. Elle se rapproche, intéressée.

La configuration en bout de bras de mer de Savannah en fait un potentiel havre précieux pour les bâtiments de Sa Majesté, entend-elle. La marine britannique souhaite exploiter les entrepôts disponibles. La Navy, en particulier le contre-amiral de la flotte, songe à y installer une garnison. Le capitaine et ses hommes consultent et avertissent qui de droit.

— Néanmoins, ajoute-t-il, pèse encore sur ce projet la présence de plus en plus oppressante des pirates dans ces eaux. Cette engeance semble se reproduire, malgré nos efforts répétés, et envahir les environs comme des cancrelats de mer.

Anne se tend. Elle croise le regard de l'officier.

— Mademoiselle les a rencontrés, à ce qu'il paraît, tente-t-il de la cajoler.

Un reproche muet à son père qui a dû broder sur leur traversée et elle parvient à répondre :

— Certes. Et je dois avouer que leur condition m'interroge. Je veux dire par là : comment en sont-ils venus à un tel métier ? Qui donc a pu les rendre si désespérés qu'ils doivent gagner leur vie en la risquant ? Ils piquent ma curiosité.

Elle a obtenu l'attention de l'assemblée. On l'entoure. L'officier se raidit un peu :

— C'est hélas très simple : cela revient à se demander pourquoi un voleur est un voleur ! La nature tordue et vile de ces gens, leur absence de dieu, leur inclination à la violence, au meurtre – voire pire, mademoiselle, je vous l'assure –, rend tout bonnement la corde trop bonne pour les pendre !

— Et on les suspend à nos vergues pourtant à tour de bras, comme de mornes lampions ! complète, très fier de lui, son premier lieutenant, un jeune homme blond fade et infatué.

— Voyons, le reprend son supérieur. De telles images ne doivent point encombrer l'imagination d'une dame…

— La dame n'est point encombrée, cingle-t-elle et encore moins impressionnable, rassurez-vous.

Comprenant que sa fille redevient tout simplement elle-même, William coupe court à la conversation.

— Et jusqu'à quand nous ferez-vous le plaisir de nous accorder votre présence ici, mon commandant ?

— Nous en parlions, lui explique-t-il en accordant un sourire à Anne. Nous venons d'intercepter quelques bougres qui convoyaient un vaisseau de prise[1] vers Providence. Ils se sont à peine défendus. Les survivants seront pendus demain, au quart de midi, devant les docks que nous évoquions tout à l'heure : je tiens à ce que tous ici soient rassurés par l'intransigeance de la flotte et de son amiral. Et que ces assassins soient avertis de ce qu'ils risquent.

1. Faute de place pour stocker les marchandises volées sur leur propre bateau, les pirates les convoyaient sur les navires qu'ils venaient de saisir.

— J'en serai. Je viendrai ! décrète Anne, qui prend congé sans même laisser à William le temps de la contredire ni aux marins celui de la saluer en bonne et due forme.

Elle a prévenu ses amis de ses projets. Robert a décliné l'invitation de la suivre, pâle comme si la mort l'étranglait de ses mains.

Hatayé et Sika l'accompagnent, plus pour le plaisir d'une aventure commune que pour celui de voir des pauvres hères pendus haut et court. Ils passent tous trois inaperçus en forçant les premiers rangs de la populace pour se retrouver non loin de la grande estrade, de sa potence et des quatre nœuds coulants qui y trônent. Les calèches de ces beaux messieurs et de ces gentes dames, mouchoirs parfumés déjà sur le nez, patientent en retrait. De vieilles connaissances se hèlent par-dessus les têtes, les escamoteurs avisent les poches béantes avec gourmandise, d'anciennes jeunes filles proposent leurs charmes et leurs formes dévoilées. Un garçon tente d'écouler, réservoirs sur le dos, sa limonade « fraîche du jour » sans parvenir à convaincre une foule qui préfère les boissons titrées en alcool, plus sérieuses. Il tente sa chance vers l'arrière et ses spectateurs plus aisés. Leurs cochers, frustrés de n'être pas plus près du spectacle, le rabrouent sans ménagement. Anne l'aperçoit, compatit, bouscule quelques personnes pour le retrouver et lui demande de quoi boire pour elle et ses compagnons.

— Tu ne feras pas d'affaires ici, lui explique-t-elle. Pas maintenant. Quand tout sera terminé, peut-être. Mais ces gens voudront boire pour se sentir vivants. Et autre chose que ton sirop citronné…

— J'ai pensé à tout, lui lance-t-il de sa voix flûtée, en sortant discrètement de sa poche un pochon. C'est du rhum. Je peux charger la limonade comme un canon de 12 livres…

Elle rit franchement et part rejoindre ses amis au moment où les tambours de l'infanterie marine, vestes rouge vif sur le dos, guêtres blanches, se font entendre. Son sourire disparaît.

Les bougres arrivent encadrés par l'infanterie du *Royal Oak*. Le capitaine Chessum ferme la marche en grande tenue. Elle repère à ses côtés le blondinet sans intérêt. Un matelot musculeux, visage fermé, chemise blanche et pantalon en coton propre de la même couleur, se tient près d'un épais taquet vers lequel reviennent les cordes. Le bourreau.

L'un des condamnés chute à terre. Son visage marqué et une épaule ensanglantée disent assez les coups que ses compagnons d'infortune et lui ont dû subir. On ne leur a laissé que leur culotte. Leurs pieds nus se traînent au sol. L'un d'entre eux, très maigre, trouve le courage de toiser la foule. Les cheveux tirant sur un roux brun, la barbe bien taillée, les pommettes hautes, il croise le regard d'Anne, seule de l'assemblée à soutenir le défi. Elle incline légèrement la tête comme un dernier salut. Incapable de sourire avec ses lèvres fendues, il lui accorde un rictus, se redresse et passe sans hésiter la tête dans la boucle, provoquant un murmure impressionné parmi la foule. Les autres suppliciés sont moins téméraires. L'un d'entre eux s'effondre et pleure. Il demande grâce à genoux. L'exécuteur des hautes œuvres ne lui accorde qu'une gifle à démâter une frégate. Il le relève et lui enserre le cou.

Le commandant lit l'acte d'accusation. Anne ne l'écoute pas. À peine le terme « piraterie » a-t-il le don de secouer un peu ses sens et de transpercer le nuage épais de ses pensées chaotiques. Elle ne quitte pas des yeux le rouquin. Il souffle fort comme s'il devait rentrer bientôt dans l'eau froide. Ses côtes se soulèvent au rythme de son exercice respiratoire. Lecture terminée, l'officier de la Royal Navy se retourne vers les condamnés pour leur accorder une dernière parole. Il a déjà levé le bras, prêt à l'abaisser pour commander l'exécution. Le pirate courageux parvient à bredouiller quelques mots, entravés et rendus inaudibles par le collier en chanvre qui bloque sa glotte. Chessum, magnanime ou respectueux des traditions, se déplace et consent à desserrer la corde : s'il souhaite s'exprimer, qu'il le fasse, il ne le fera plus jamais.

L'homme déglutit plusieurs fois et, d'une voix ferme et joliment grave, répète ce qu'il tentait de dire :

— J'ai vécu comme je le voulais, je meurs comme je le dois. Aie pitié de moi, Seigneur. Amen.

Par simple réflexe, la foule reprend son « Amen ». Beaucoup se signent… interrompus dans leur geste par le claquement des trappes qui se dérobent sous les pieds des condamnés. Les plus abrutis se gaussent de la danse macabre et violente des jambes des pendus. Anne et ses amis se sont détournés. Elle les prie de l'excuser : ils n'auraient pas dû venir. Elle a voulu prouver au capitaine qu'elle n'était pas impressionnée. Elle l'est. Désagréablement. Pour se faire pardonner, elle leur propose de leur offrir un verre dans l'une des gargotes à ciel ouvert, tonneaux en guise de tables, qui fleurissent alentour lors de ce genre d'événement et qui ne s'offusqueront pas de servir un Noir ou une Indienne, lesquels évitent de toute façon l'alcool comme la peste et se contentent de la fameuse limonade du gamin. Anne paie pour un pichet de rhum et s'accoude au fût.

— Je ne saisis pas ce qui me prend, leur dit-elle en entamant sa boisson.

— Et quoi ? Tu as voulu démontrer que tu étais « Anne Cormac », la toute-puissante, la défiante, et tu découvres que la mort n'est pas une occasion de forfanterie, la taquine Hatayé. Nous ne te jugerons point.

— Non, ce n'est pas cela, même si je reconnais que tu as raison, répond-elle, très sérieuse. J'ai prié Dieu pour qu'il les épargne. Je les plaignais. J'ai senti comme un lien, une camaraderie avec celui qui a parlé…

— Rien d'étonnant, intervient Sika. Je ne veux pas imiter Robert mais c'est de la simple logique. Tu es notre pirate à nous, celui de notre petit monde avec ta façon d'être et de vivre, ta manie de dire « non » avant même de comprendre. Tu te battrais contre un arbre si tu le pouvais. Donc, si on te lâche en mer, tu seras l'un d'entre eux, pas pour tuer ni voler – cela ne te ressemble pas – mais pour vivre à ta façon. C'est dans ta nature. Et comme le dit ma mère : « On ne contraint pas le lion à devenir souris. »

Ses deux amies partent en fou rire. Anne mime un lion rugissant, Hatayé une souris effrayée. Elles sont dérangées par le petit limonadier qui tire la première par la manche. Elle se penche pour qu'il puisse lui murmurer à l'oreille. Elle se redresse, fait signe à ses comparses de la suivre, et part en courant vers la grève qui sert de cale de débarquement pour les marchandises. Un petit esquif s'écarte vers le large à la voile. Les cris de joie de son équipage rivalisent avec le ronronnement du feu qu'ils viennent de bouter et qui dévore la belle chaloupe d'apparat de Chessum. Les pirates se sont vengés à leur manière. Elle applaudirait sans doute si elle ne se précipitait pas pour écarter les autres embarcations et les sauver du brasier. Un gros homme, bajoues tombantes, parvient, essoufflé, à sa hauteur, se méprend sur son sexe, et la supplie, en l'appelant « matelot » de l'aider à déhaler son « navire », un caboteur ventru, lourd et large, doté d'un vaste entrepont, avant qu'il ne flambe. Ils lui apportent leur secours et halent la grosse coque à l'abri tandis que son propriétaire, pour conjurer le sort ou le prévenir, jette force de seaux d'eau sur son bien… et sur les Samaritains du moment. Hatayé perd patience et lui intime l'ordre de cesser. Elle est trempée et sa longue natte tressée ruisselle. Penaud, il abandonne son récipient, amarre son gagne-pain en sécurité. Il prend enfin le temps de se présenter :

— On m'appelle La Jatte, mon vrai patronyme batave est une torture à prononcer en anglais, dit-il avec un accent hollandais assez prononcé. Je vous remercie infiniment de votre aide. Et désolé encore de vous avoir tant arrosés mais je craignais que…

Il fouille dans les replis de sa veste hors d'âge et en retire un flacon cabossé en cuivre. Une longue gorgée, un air satisfait, il tend le gorgeon à l'encan. Seule Anne s'en saisit, le renifle, puis le rend à son propriétaire sans s'y risquer :

— C'est ce liquide qui est dangereux, pas le feu…

— Du « jenever », du gin de ma fabrication, explique-t-il, avant d'en reprendre une goulée.

Il leur explique alors qu'il distribue messages et marchandises le long de ces côtes.

— Vous connaissez les pirates qui ont fait ça ? demande Anne, soudain suspicieuse.

— Non. Je ne crois pas, même si je dois bien avouer qu'il m'arrive de ne pouvoir faire autrement que de les côtoyer parfois. Bien souvent près des îles, plus à l'ouest.

Il baisse la voix en confidence :

— Ce sont de bons clients, murmure-t-il en se frottant pouce sur index.

Il prend congé d'eux, les remerciant derechef et leur promettant d'être au rendez-vous s'ils avaient besoin de lui… et quelques guinées à dépenser :

— Demandez La Jatte, tout le monde me connaît et chacun sait que je peux dégoter à peu près n'importe quoi dans ces parages.

— N'importe quoi ? le presse Anne.

— N'importe quoi, répond-il, très affirmatif.

— J'ai besoin de quelque chose.

— De quoi ? Considérez cela comme acquis.

— Je m'appelle Anne, du domaine Cormac. C'est tout près, plus au sud. Trouvez-moi une chaloupe en bon état et vous serez récompensé.

Ils l'abandonnent là, un brin décontenancé, sans attendre de réponse. La démarche d'Anne se fait plus balancée. Elle sourit et arpente déjà son propre bord.

Demeure Cormac, Savannah

Naviguer hors sillage

William se tortille comme un adolescent devant une dulcinée récalcitrante. Sa fille comprend qu'il souhaiterait lui demander quelque chose mais n'ose point. Elle l'invite d'un sourire et d'un geste de la main à rassembler son courage. Ses yeux cherchent de l'aide, sa femme sans doute. Il se souvient qu'elle n'est plus et qu'il est seul maître à bord de sa maisonnée, se rengorge en y songeant. Il lui explique sentencieusement, comme s'il plaidait sa cause en retrouvant ses tics d'avocat, que la période de deuil a été respectée, qu'il faut désormais aller de l'avant – Mary l'aurait certainement souhaité –, que le monde tourne autour d'eux sans les attendre. Il fait une pause. Anne pressent qu'il en arrive au noyau du fruit. Elle est devenue, poursuit-il, une lady « à part entière ». « Une belle jeune femme », précise-t-il pour l'amadouer. La représentante aussi, avec lui, d'une plantation qui a connu des hauts et des bas mais enfin qui bénéficie d'excellentes projections de développement. Il faut songer à l'avenir, un futur où il ne sera plus, où il aura rejoint Mary. Un moment où elle devra, seule, s'occuper de « tout un fatras d'obligations ».

— Bref, assène-t-il tout à trac, tu dois te trouver un mari, me faire des petits-enfants. Assurer une continuation à la famille et à ses biens. Pour être clair : devenir responsable.

— Non, se contente-t-elle de répondre. Autre chose ?

Il s'emporte et la prévient qu'il a déjà prévu une grande réception, très bientôt, qu'il tient évidemment à sa présence et qu'il a d'ailleurs invité tout ce qui compte d'hommes à marier dans les cinquante lieues à la ronde. Ainsi que les notables et même l'équipage entier d'un navire de commerce qui vient d'arriver à quai. C'est dire s'il a compté large et dépensé profond.

— Père, lui répond-elle doucement, à sa grande surprise, en lui prenant la main, concevez que je n'appartiens pas à votre vie telle que vous la vivez. Elle est respectable, *stricto sensu*. Je ne doute pas que tout un chacun le remarque. Elle s'est faite sans moi, j'étais sur le côté du chemin. Je navigue hors de votre sillage. Pas loin mais pas en son sein. Je ne souhaite pas me marier en général et certes pas, en particulier, avec un deuxième « vous-même » que vous auriez peu ou prou choisi. Je préférerais épouser un vagabond hirsute sans fortune et sans charme, pustulant et puant qui, au moins, aurait la vue un peu plus longue que le garnissage de sa bourse et le souci permanent du qu'en-dira-t-on.

Il se détache de son étreinte et réajuste les parements dorés de sa veste, devient rougeaud :

— Bien, je ne voulais point en arriver là mais voici, je t'impose un ultimatum : tu trouves qui te convient lors de cette soirée ou je te déshérite et me mets en quête d'un héritier qui saura apprécier ce que j'ai bâti ! Et qui, au passage, ne vivra pas sur mon dos en lui crachant dessus tous les jours de la sainte semaine ! Suis-je clair ?

Elle effectue une révérence ironique de princesse Stuart. Parfaite. Et se contraint à marcher paisiblement en sentant les piqûres d'yeux furibards le long de sa nuque qu'elle dévoile en réajustant son catogan.

Elle ne trouve pas le loisir de se laisser aller à sa rage en sortant de la demeure : Sika court vers elle, fort excité et les bas trempés. Le gros Batave est revenu. Il s'est amarré plus loin. Ce n'est pas tout, s'enthousiasme-t-il, il a débarqué avec une « flottille ».

— Une flottille ? s'étonne-t-elle, très amusée.

— Non, pas vraiment… Un autre bateau en fait… Je pense qu'il te livre commande !

— Ce n'est pas le moment de demander le moindre subside à père. Nous avons eu des mots…

— Tu lui as expliqué que tu ne voulais pas te marier et encore moins avoir d'enfants.

— Comment sais-tu tout cela ?

— Cela fait des semaines qu'il importune le personnel en lui demandant comment t'annoncer ses intentions et quelle sera ta réaction. Tout le monde le sait, d'ici à Augusta. Je ne serai pas surpris que le mot soit passé jusqu'à la Jamaïque et je soupçonne que toute la tribu d'Hatayé en soit également instruite. Moi, je lui ai raconté en tout cas.

— Peste soit sur vous tous, bande de bavards impénitents ! Me voilà bien entourée…

— Écoute, c'est pourtant chose aisée : tu te trouves un imbécile béat et docile, plus énamouré que riche, si possible. Tu te maries, tu le mènes par le bout du nez… Qu'est-ce que cela changerait ?

— « Consommation du mariage » : ces mots t'évoquent quoi ?

Il hoche la tête d'un air grave et fixe le sol. Anne lui saisit le bras et l'observe. Un début de barbe crépue lui encombre le visage. Son corps athlétique semble fait de lianes et de troncs, souple comme un cougar.

Son regard franc a acquis une certaine profondeur, une maturité mêlée de timidité. Elle éprouve un vertige, une immense fierté totalement indue, un léger pincement au cœur :

— Tu l'as fait ! Et ce n'est pas une question.

— C'est un secret…

— Attends que je bavasse autant que vous ! Tu vas voir comment je vais le crocheter sur toutes les bouches, ton « secret ».

La Jatte peste contre les moustiques, se gratifie de grandes claques sur le visage et le cou. L'homme, déjà rouge de peau, ressemble désormais à un énorme piment paré à la cueillette ou victime de combustion spontanée. Ses grosses cuisses pataugent dans une zone marécageuse. Handicapé par son poids, il paraît s'enfoncer. Un inconnu, sans doute l'autre membre de sa « flottille », lui tend une grande branche pour qu'il y trouve appui et secours. Anne assiste à la scène en souriant et comprend mieux les bas mouillés de son ami. Elle observe l'inconnu qui manque maintenant de plonger la tête la première dans les roseaux. Grande taille, finement musclé du haut du corps, un visage doux et clair, marqué par quelques cicatrices d'une acné virulente, les yeux bleus sous des sourcils au dessin féminin, et des mains d'homme de labeur. Un marin. Elle s'approche pour aider. Inutile : elle courbe la tête et le dos sous une gerbe d'éclaboussures. Les deux hommes, cul par-dessus tête, ont basculé dans une mare saumâtre. Ils se redressent, figures d'oisillons tombés du nid après l'orage. Elle se plante devant eux, les poings sur les hanches :

— Maître La Jatte, quand vous en aurez fini avec votre bain de boue, je vous propose de venir vous débarbouiller de façon plus conventionnelle en ma demeure. Je suis navrée mais il m'est impossible de vous regarder ainsi et de vous prendre au sérieux. Nos affaires en pâtiraient. Votre compagnon tout crotteux peut venir également.

Quelques pétrels décollent presque aussi lestement que son rire.

Elle a installé ses invités dans le jardin. La bassine d'eau et les serviettes d'usage qu'elle leur a fait porter ont à peine suffit à leur rendre apparence humaine. Ils dégoulinent, brunâtres, dans l'herbe fraîchement entretenue. Le Hollandais refuse le verre de vin proposé pour préférer sa propre concoction. Son compère l'accepte volontiers et le vide d'un trait.

William, curieux, vient saluer ces convives inattendus et recule sans le vouloir devant leur aspect et leur odeur de vase de salines. Il comprend vite qu'Anne a commandé un nouveau jouet – un bateau, rien que cela ! – qui va lui coûter une fortune. Il demande courtoisement aux visiteurs de patienter et s'entretient à part avec sa fille :

— Je ne suis pas armateur. Combien cela va-t-il me prendre ? Et combien d'insultes recevrais-je pour ce caprice hors de prix ? Renvoie-les. Je ne souhaite plus en parler. Jamais !

Il s'interrompt, comme frappé par la grâce :

— Attends. Je tiens une idée, même si je vais boire le calice jusqu'à la lie. Voici mes conditions : je lui achète sa coquille de noix pour toi mais tu t'engages sur la tombe de ta mère non seulement à venir à ma réception, mais, de plus, à y accepter un parti parmi les invités et à le retenir assez longtemps après pour que je puisse annoncer *urbi et orbi* fiançailles et date de mariage.

Elle s'apprête à refuser sans nuance. Une rafale de vent vient courir sur sa joue. Une caresse divine au parfum d'océan. Elle pense à Mary et cède. Elle donne son accord et prévient ces messieurs qu'elle va inspecter « la marchandise » pendant qu'ils en discutent le prix. Elle tourne les talons puis se reprend :

— La Jatte, le hèle-t-elle, tenez compte des cartes marines et du compas qui doivent équiper mon navire. Ils seront gratuits. Et si ce n'est le cas, je vous renvoie dans les marais face la première et je vous y noie pour de bon.

L'orchestre se contente de jouer une musique d'accompagnement, un « bruit de fond de crincrin », pense Anne qui tient, bon gré mal gré, la promesse faite à son père. Elle a peu dormi la nuit précédente, les yeux englués au plafond, elle s'est presque convaincue de la sagesse des paroles de Sika. Convoquant sa mère d'outre-tombe, elle a devisé avec son fantôme, avide de conseils dans le confort irréel mais rassurant de sa présence spectrale. Et pourquoi ne pas jouer cette partie comme son ami le lui a suggéré ? Les benêts ne manquent pas. La plantation représente une fort belle dot, son caractère – elle le sait bien – lui permet, par simple peur générée devant ses colères notoires, de tenir quiconque à bout de gaffe : elle ne craint rien ni personne. Elle pourrait consentir à oublier qu'elle est l'objet d'une loterie qui la révulse. Voire inverser la situation. Ce soir, ce sera à elle de choisir son bout de viande au crochet, pas l'inverse. Ils vont parader, s'infatuer, se vautrer et mendier un regard, un intérêt. Qu'ils essayent ! Elle en a gloussé et imaginé sa mère s'en réjouir avec elle. Puis elle a tenté de dresser le croquis utopique au fusain de sa future victime : pas trop vieux mais point béjaune non plus. Inutile de pointer un homme trop bien fait de sa personne : celui-là ne saura être que tourné vers l'héritage et absolument pas, même pour une faible proportion, à sa personne, dont elle est consciente des limites de beauté. Elle souhaiterait malgré tout que l'impétrant dispose de quelques qualités physiques : s'il faut consommer, autant qu'il soit vigoureux. Blond, brun, roux… Peu lui chaut. Soyons honnêtes, se reprend-elle : elle préférerait un prétendant aux cheveux noirs, peut-être, un peu hâlé, mince et élancé, téméraire et défiant. Elle rit en son for intérieur : les couleurs de la palette intime de ses envies la font désirer un mélange de toutes les allures des pirates qu'elle a pu croiser. Intéressant mais effrayant. Elle croit entendre sa mère la disputer. Elle a soupiré, l'a embrassée en pensée et s'est endormie.

Il lui paraît maintenant qu'elle est encore assoupie tout éveillée. On l'entretient d'une affaire qui semble passionner son interlocuteur. Retrouver le fil de sa pensée. Se secouer. Et arrêter d'afficher ce sourire béat. Que lui raconte-t-on céans ?

Un importun lui décrit, branche par branche, son arbre généalogique, à l'imposante ramure comportant quelques personnalités royales de l'Ancien Temps dont un Tudor. Il grimpe encore, en des époques qu'Anne ne suit plus et que les pierres elles-mêmes ont oubliées. Elle l'observe. Sa main en balancier, fine et rose, ornée d'un sceau complexe sur un anneau en or, bat la mesure de ses propos dans une gestuelle apprêtée, froufroutée par la dentelle de sa chemise. Anne s'impatiente :

— Monsieur, pourquoi ai-je la sensation que, plus vous remontez votre lignée vers le ciel, plus vos racines s'enfoncent dans l'abscons ?

Robert, chargé de la chaperonner, vient la prendre par le bras et l'entraîner à l'écart avant qu'elle ne se fâche pour de bon :

— Anne, tu as donné ta parole. Souffre en silence les expressifs et questionne sans fin les introspectifs… Offre-leur un miroir inversé et tu les lasseras sans effort. C'est ma méthode. Elle demande un peu de patience mais éloigne les importuns.

Elle hoche la tête, se fait aborder par un planteur de cannes, un marchand de biens, l'édile autoproclamé d'un petit village qu'elle ne saurait placer sur une carte et le père d'un timide maladif qui n'ose la déranger lui-même et lustre au loin le parquet d'un regard de jeune chiot. Elle soupire, décide de boire, beaucoup, beaucoup trop : il lui faudra bien cela pour tenir. Elle se heurte à La Jatte qui semble décidé à poursuivre tous les serveurs disposant d'un plateau à alcools. Étrangement, il ne rafle que les coupes vides.

— Eh quoi, lui dit-il avec un clin d'œil de pachyderme larmoyant, en sortant sa propre fiole, le vin me donne des aigreurs de vinaigrier, je préfère mon médicament personnel…

— Que faites-vous ici ? lui réplique-t-elle sans trop d'aménité et fort peu courtoisement.

— À l'issue de nos négociations, votre père nous a invités, James et moi, en guise de bonus, sans doute en espérait-il une ristourne… Nous sommes donc venus n'ayant rien d'autre à faire que d'attendre une marée favorable pour déhaler.

— James ?

— Le bougre qui a accepté de m'aider à vous emmener votre bateau. Un bon marin. Cela confirme d'ailleurs ce que je pensais du pendard…

Elle lui rappelle que ledit pendard a fait tout son possible, certes sans succès mais en payant de sa personne, pour le sortir de la tourbière. Il souffle et manque de la faire défaillir avec son haleine de vieil âne dont l'abreuvoir aurait été empli de carcasses en décomposition puis recouvertes de gin. Grisé d'alcool, il se penche pour lui faire une confidence. Sa curiosité piquée, elle se décide à supporter l'odeur. Les soldats partis, Charlestown a retrouvé son commerce habituel. « De drôles de clients », avoue-t-il, traînent devant les entrepôts ou espionnent les vaisseaux de commerce qui y arrivent ou – surtout ! – en repartent.

— Des pirates ! comprend-elle en s'exprimant un peu trop fort et en regardant autour d'elle pour vérifier qu'elle n'a point été entendue.

— Précisément. C'est à eux que j'ai acheté votre chaloupe. Dieu seul sait où ils l'ont trouvée. Et il me fallait bien quelqu'un pour assurer le trajet. C'est ce James qui s'est proposé. Il devait se lasser de patienter dans les tavernes du rivage et d'observer les va-et-vient.

— C'est un pirate… répète-t-elle, incrédule et abasourdie.

— Un demi-sel, mademoiselle, ce n'est pas Edward Teach[1] non plus. Je ne pense pas qu'ils confient cette tâche d'espion aux plus téméraires. Et je ne sais à quel équipage il appartient. Je le lui ai demandé. Il a prétendu qu'il « attendait le bon ». Je n'ai pas poussé davantage.

Elle s'éloigne, pensive, et ressent le besoin de respirer un air moins vicié que l'haleine du Batave. Robert

1. Edward Teach ou Thatch, selon les chroniqueurs de l'époque : Barbe Noire.

apparaît sans qu'elle l'ait repéré et saisit son bras, bien décidé à jouer son rôle de duègne avec sérieux jusqu'au bout de la soirée. Ils s'assoient sur « leur » banc dans le jardin. Un éclat de voix, quelques pas précipités. Un cri de femme, puis celui d'un homme et le sifflement damassé évident d'une épée sortie de son fourreau. Ils se lèvent et contournent la haie.

Deux escogriffes, des invités en grande tenue, encadrent une frêle silhouette. L'un d'eux se tient la manche. L'éclat de la nuit et des flambeaux disposés dans le parc permet à Anne de voir le manteau déchiré et le sang coulé. « Un coup de couteau », pense-t-elle. L'autre a tiré son épée et agite sa pointe en cercles de plus en plus près du visage d'Hatayé, en position presque accroupie, coutelas à la main, prête à sauter comme un chat sauvage.

— Reste où tu es ! ordonne-t-elle à Robert.

Elle rejoint son amie en deux pas, cherche sa lame derrière son dos, se souvient qu'elle l'a laissée dans la tombe de Mary et qu'elle est en robe de bal.

Le bretteur a baissé sa garde en la voyant. L'autre, le blessé, semble soudain avoir avalé un poisson-lune.

— Vous êtes venus ici pour danser, messieurs, articule Anne d'une voix sourde, grave, presque sifflante. Dansons maintenant.

Elle tend sa main gauche dans son dos. Son amie y glisse son arme. Elle l'entend se reculer.

— Mademoiselle, tente d'expliquer le valide, nous ne voulions que donner une leçon à cette sauvage. Elle n'a rien à faire en si belle compagnie… Nous la prenions pour une voleuse. Vous connaissez cette engeance : ces Indiens ne sont rien d'autre que des animaux à dresser. Elle nous a agressés !

Anne n'écoute plus, feinte sur sa gauche puis se fend et porte son attaque. Son tranchant passe à quelques pouces du ventre du beau parleur. Il recule brusquement et se met en garde. Par réflexe. Son fer croise celui du coutelas, bien trop petit. Le bas de la robe d'Anne entrave ses mouvements. « Au moins, l'aiguille ridicule de Hatayé peut servir à cela », pense-t-elle avant de l'utiliser pour découper les tissus au niveau de ses genoux. Elle les ramasse et s'en pare l'avant-bras en protection.

— Anne, attrape !

Robert lui lance un sabre, une arme digne d'elle. « Où a-t-il trouvé cela ? » s'interroge-t-elle avant de faire face à son adversaire. Elle remarque au passage que l'autre a décampé.

— Je ne veux point… Je ne peux me battre contre vous, *my lady*… bredouille son opposant.

— Bien, vous mourrez sans vous défendre, en couard. Rien de surprenant !

Elle tend son bras droit légèrement replié, et exhibe son arme comme si elle voulait faire admirer le plat de sa lame ou capter un rayon de lune, entame un mouvement souple et rapide vers le bas avant de se détendre et de remonter en diagonale de gauche à droite. L'homme lâche son épée, porte la main à la tempe. Une profonde coupure le balafre de la naissance du cou au crâne en passant par son oreille. Il hurle.

— Osez encore porter la main sur mes amis et je vous découpe tel un mauvais jambon. Décampez, monsieur, vous n'êtes plus le bienvenu ici. À moins, bien sûr, que vous ne souhaitiez que je rétablisse l'équilibre des traits de votre visage.

Elle fait mine de redresser son arme. Il part en courant et en l'insultant.

— Grossier personnage, constate froidement Robert, venu la rejoindre.

Elle l'étreint sans retenue.

— Où diable t'es-tu procuré cette rapière ?

— Je la lui ai confiée, entend-elle derrière elle.

Elle se retourne et se retrouve face à James.

— Et quand exactement vous prépariez-vous à intervenir ? lui demande-t-elle en lui donnant une bourrade sur la poitrine.

— Jamais.

— Jamais ? Mais vous…

— Je vous ai vue vous servir de ce ridicule couteau indien. Vous l'avez manqué de peu. Votre position de combat était parfaite. J'ai pensé qu'il ne vous manquait que l'arme adéquate. Par ailleurs, votre visage jubilait… Non : tout votre être jubilait. Je comprends mieux maintenant pourquoi vous avez réclamé un bateau. Et enfin…

— Parce qu'il y a plus ? l'interrompt-elle, conquise malgré elle.

— Et enfin, je pressens que vous m'en auriez voulu à mort si je vous avais traitée en damoiselle en détresse. Et puis, quoi. Un duel est un duel. Cela se respecte ! Lady ou pas.

Elle lui rend son arme et s'incline sans mot dire pour le remercier. Il se penche à son tour et lui lance son plus beau sourire. Elle agrippe le bras de Robert et tourne les talons. Elle l'abreuve de paroles : l'urgence de trouver Sika et de le rassurer, vérifier qu'Hatayé est indemne, changer ses atours ruinés et abrutir son père avec un beau mensonge, ne serait-ce que pour avoir la paix…

— Anne, Anne ! la coupe son ami, hilare.

— Quoi, maintenant ?

— Tu as rougi… Tu es encore toute carminée, une vraie pivoine ! Je ne savais même pas que tu pouvais rougir, jeune « damoiselle en détresse ». Celui-là a su t'émouvoir.

Il reçoit, pour toute réponse, un coup de pied au séant et un éclat de rire épanoui.

Taverne du *Spaniard*, Charlestown

La fortune ou la mort

Seule. Enfin seule. Et sur l'eau ! Vent sur la joue, une main sur la barre, l'autre sur une écoute, le regard aux anges et aux aguets. Une vague vient la bousculer de trois quarts arrière sur la poupe. Son bras réagit avant son cerveau. Elle reprend son allure. La voile claque et la remercie en se gonflant de gratitude. Elle entend ses haubans chanter sous le pincement de l'air. Elle plisse la bouche et tente de reproduire leurs vibrations, sans autre succès que de postillonner affreusement. Elle entonne *Whiskey in the Jar*[1] à tue-tête. Elle chante atrocement faux mais peu lui importe, les promesses d'une « belle vie » à la fin du chant du bandit font s'envoler son âme et avancer le bateau. C'est tout ce qui lui importe.

Elle rejoint James à Charlestown. Il lui a fait parvenir un billet – Dieu seul sait combien cela a dû lui coûter – pour lui proposer de « poursuivre leur conversation » sans sabre. William l'avait presque encouragée, trop heureux de voir sa fille tenir sa promesse,

1. L'une des plus vieilles chansons irlandaises racontant l'histoire d'un bandit de grand chemin trahi par une femme. Deux versions de fin existent : il est pendu ou il s'évade et poursuit sa « belle vie ».

susciter l'intérêt d'un homme et, peut-être, s'offrir un avenir. Bien évidemment, Anne avait été très vague sur le galant qui avait su la retenir : « un marin fort intelligent, bien fait de sa personne avec de très bonnes perspectives d'avancement ». Son père avait dû s'en contenter, imaginer un officier de l'équipage du navire de commerce qu'il avait invité, et supporter qu'elle ne lui offre pas plus de précisions si ce n'est qu'elle le croyait anglais, personne n'étant parfait en ce bas monde. « Comprends-tu, père, lui avait-elle avoué avec une ingénuité fabriquée, il ne serait pas convenable que tu te fasses de faux espoirs. Laisse-moi poursuivre et tu seras le premier à le connaître… et à te faire ta propre idée. Promis ! » Il avait cédé à sa lubie de se rendre en bateau à Charlestown. Elle était partie avant le lever du jour, bien avant son réveil, pour qu'il ne puisse la voir dans sa tenue d'homme, loin des apprêts souhaitables pour une jeune femme bien née se rendant à un rendez-vous galant.

Un dauphin vient jouer avec la proue de son petit bâtiment. Elle le baptise *Saoirse*[1], décrète que c'est une femelle et lui offre des confidences grivoises sur ce qu'elle espère de James, après l'avoir rendu à moitié fou.

L'animal l'abandonne quand elle vire de bord pour se rapprocher de la côte, une île où elle passera la nuit, consciente que ses maigres compétences nautiques ne lui permettent pas de voguer sans le jour.

Elle se réveille au matin reposée, impatiente et dévorée par les moustiques sur chaque once de sa peau laissée à nu. Elle peste puis se retient de gratter un bubon d'insecte qui, elle ne le sent que trop bien, a prospéré au

1. « Liberté » en gaélique irlandais.

beau milieu de son front. Elle n'y tient plus et le frotte avec sa paume. Le mal empire, la démangeaison se fait douleur. Elle tente de l'oublier en naviguant.

Elle redécouvre la ville et ses baraquements aléatoires comme si un géant avait déposé des cubes instables aux planches ajourées au petit bonheur la chance sur la grève, et l'odeur très particulière du port : poisson pourri, bois charbonné, urine et relents salés. Elle plisse le nez et avive ainsi la piqûre et la gêne. Elle pousse un peu l'allure, profite du vent arrière et frotte sa coque sur le sable. Elle hèle un vagabond assoupi, bossu, les jambes arquées comme s'il était né sur un tonneau, qui l'aide, moyennant un shilling, à lui assurer de ne pas se faire prendre par la marée.

— Ne vous inquiétez pas, monsieur, lui dit-il, votre canot sera sauf avec moi. Il ne risque rien.

— Je le sais, parce que c'est toi qui trinquerais dans le cas contraire, lui répond-elle à mi-voix pour se faciliter le passage dans les tons graves. Et parce que cinq shillings de plus t'attendent si tout se passe bien.

Il lui indique au passage comment se rendre à son point de rendez-vous, une taverne appelée *Le Spaniard*. Il hoche la tête en signe de complicité, clin d'œil à l'appui, lorsqu'il apprend où elle se rend :

— L'on va bientôt quérir fortune ou mort, n'est-ce pas ?

Il se redresse autant qu'il le peut :

— Pensez à moi si d'aventure l'équipage n'est pas au complet. Je sais tout faire à bord, y compris la popote. On m'appelle Crooked[1]. Facile à retenir et évident de me trouver.

1. « Courbé ».

Elle s'éloigne, presque certaine qu'il vient de la prendre pour un pirate, et sûre que James lui a donné rendez-vous dans un repaire de gueux des mers. Elle trouve l'idée excellente et balance plus franchement ses épaules pour masculiniser sa démarche.

Elle longe la mer, sourit devant une escadrille de goélands soutenue par deux pélicans qui abordent un bateau de pêche ventru tentant de décharger sa cargaison. Elle repère le petit limonadier de la pendaison, une caisse sanglée sur ses épaules, en étalage ambulant. Il vend des oranges aujourd'hui. Elle le salue de loin. Il s'approche, la reconnaît et lui lance un fruit :

— Gratuit pour toi, matelot, lui glisse-t-il avec un sourire de chenapan.

Elle se concentre sur les instructions du bossu : suivre la grève jusqu'au quai de déchargement, un édifice branlant bas gagnant sur la mer, obliquer sur la gauche et remonter le chemin jusqu'à un bâtiment de plaisir aux tentures rouges signalé en français, *Le Bonheur de Recouvrance*, et embouquer la ruelle dont il fait le coin.

Elle arrive devant la maison close quand un *monsieur*, épée au côté et vêtements propres, y entre. Le lourd rideau à l'entrée s'entrouvre, libérant une odeur de musc très prononcée, entêtante. Elle marche désormais sur du sable mal tassé aux flaques irisées et mousseuses. Les relents phosphorés et âcres ne laissent pas longtemps place au doute sur le liquide qu'elles recèlent. Un gaillard titubant se soulage contre un amas de vieilles caisses abandonnées, lesquelles n'en sont point à leur premier arrosage. Il chantonne, ce faisant. Une chanson à boire. *Logique*, pense-t-elle.

Une enseigne en ferraille supposée représenter un Hidalgo, reconnaissable à sa longue rapière, grince au-dessus de sa tête. L'inscription « *Le Spaniard* » est peinte en rouge sur le linteau. Deux marches et une porte en bois solide, maintes fois rafistolée, qu'elle pousse après avoir inspiré un peu plus profondément qu'elle ne l'aurait souhaité pour se prouver qu'elle est détendue. Elle s'avoue nerveuse, prend le temps de manger son orange et de s'essuyer la paume des mains sur sa culotte.

Elle pénètre dans une grande pièce sombre, plafond aux poutres basses, senteurs mêlées de rhum, de vomi et de sueur, planches disjointes faiblardes sous la semelle de ses bottes. Un silence curieux salue son entrée. Très vite, le brouhaha reprend. Elle manque de buter sur un tabouret en trépied renversé, retrouve son équilibre en s'appuyant sur une épaule anonyme. Trop saoul ou trop préoccupé, son propriétaire n'en a cure. Un mouvement sur sa droite : elle se retourne, James lève un bras pour se signaler. Il est assis seul, le visage caché sous un grand chapeau brun aux rebords très larges, dos au mur, dans un recoin. Il pousse une chaise bancale de son pied pour l'inviter à le rejoindre. Elle s'exécute et note en chemin que tous les clients disposent d'un véritable arsenal : pistolets, sabres, couteaux et même quelques haches, toujours à portée de main. Elle aperçoit la fameuse rapière espagnole, à la garde ouvragée et rouillée, accrochée au mur derrière le comptoir et une barre à roue, en piteux état, en guise de décoration pour lui faire pendant.

Elle s'installe, se laisse servir le rhum au cruchon et écarte les bras en regardant autour d'elle comme pour lui demander quelques éclaircissements sur l'endroit. Il sourit et lui confie qu'il s'agit d'un lieu de rendez-vous et d'un « territoire neutre ». La plupart des marins locaux, précise-t-il, se retrouvent ici pour boire, bien évidemment, discuter et partager des informations. Tout se sait, ou vient à se savoir en ce lieu : les mouvements des bâtiments, qu'ils soient militaires ou de commerce, leurs besoins spécifiques aussi. L'un pourrait avoir utilité d'un maître voilier ou d'un coq quand l'autre va chercher un charpentier, voire un quartier-maître ou un pilote. Quelques affaires s'y nouent aussi. C'est ici, par exemple, que La Jatte l'a engagé pour barrer son bateau.

Comme pour confirmer ses propos, Anne remarque une bourse changer de main sous la table de leurs voisins.

— Et vous, James, précisément, qu'y attendez-vous ?

— Qu'une femme déguisée en homme accepte de venir dans ce bouge empli de mes infâmes congénères pour que je lui fasse la cour.

— Elle est venue ?

Il rit d'un rire clair, chantant et charmant. Elle se frotte les avant-bras pour apaiser le frisson de plaisir – de désir ? s'interroge-t-elle – qui la saisit. Elle se reprend et le bombarde de questions. Que fait-il réellement dans ces parages ? Que demande-t-il à sa vie ? Comment en est-il arrivé à s'échouer ici ? Et, plus important que tout, pourquoi lui avoir envoyé ce billet ? Elle s'excuse du désordre de ses interrogations mais plante ses yeux dans les siens en attente de réponses, remarque au passage qu'ils étincellent de petites paillettes d'or du plus bel effet.

Il comprend tout le sérieux qu'il doit apporter à ses propos et fait basculer sa chaise sur deux appuis pour s'adosser à la paroi.

Son histoire est d'une banalité confondante dans ces régions. Il s'est engagé à Newport, au pays de Galles, dans la Royal Navy, à la mort précoce de ses parents, aubergistes sur le Severn. Sans le sou, il a simplement suivi la manière de faire de la plupart des jeunes garçons de son âge. Il a connu plusieurs navires, de nombreuses navigations et plus de rivages qu'il ne l'aurait souhaité. Certaines de ses tribulations furent sans souci, d'autres compliquées par des officiers du bord abusifs, violents et autoritaires. Lassé d'une vie de rationnement, d'eau croupie et de viande avariée quand ce n'était pas de coups, il a décidé de ne pas reprendre le bord lors d'une escale à Sainte-Lucie. Il a embarqué alors sur un navire de marchandises qui cabotait le long des îles, « les meilleures années de sa vie ». Puis il a rencontré par hasard un capitaine qui cherchait des gabiers compétents. Il s'est présenté et a été embauché. Sa voix hésite soudain. Il retrouve une assise sur les quatre pieds de son siège et se penche vers elle :

— Le pavillon hissé, lui confie-t-il, n'était pas précisément celui de la flotte de Sa Majesté ni le beau dragon des Gallois. Plus… squelettique, si vous me suivez…

Elle acquiesce.

— Et depuis vous êtes un… squelette ?

— Un marin qui embarquera là où se trouve la liberté. Squelette ou pas.

Elle tique, se rapproche et lui pose sa question de confiance :

— De quoi rêvez-vous, James ?

Il secoue la tête, sourit devant l'étendue des réponses qui s'offre à lui, fronce les sourcils et se contente de lui annoncer qu'il va lui raconter une histoire.

« Il était une fois Providence », commence-t-il très concentré, une île située au débouché stratégique du détroit de Floride, lequel bénéficie d'un courant porteur qui le rend indispensable aux navires voulant remonter vers l'Europe. Son gouverneur britannique décide, moyennant un pacte de corruption évident, de laisser certains bateaux pirates y entreposer leurs cargaisons, bien sûr obtenues en toute illégalité. Il y trouve son compte, s'enrichit et disparaît.

— Certains, ajoute-t-il, prétendent qu'il s'est installé précisément dans les parages de Charlestown. Cela reste un mystère… Mais là n'est pas la question.

Ce territoire, donc, se retrouve sans administrateur. Les gentlemen des mers décident d'en faire leur Spithead[1]. Le mot passe d'un capitaine à un autre. Ils affluent. Les voilà maîtres du lieu qu'ils gèrent ensemble, du moins, entre les plus fameux d'entre eux.

— Lesquels ? ne peut s'empêcher de demander Anne qui doit tendre l'oreille pour entendre la réponse.

— Barbe Noire, Charles Vane, Benjamin Hornigold et d'autres…

Elle frémit, la Sainte Trinité des hommes de fortune ou peu s'en faut. Des assassins sans foi ni loi, sauvages et impitoyables, s'il fallait en croire ce qu'il s'en disait. James perçoit son émoi. Il pose très brièvement et discrètement sa main sur la sienne. Elle se retient pour ne rien dévoiler des battements de son cœur en bélier dans sa poitrine.

— Cette excellente société, poursuit-il, prospère sans demander autre chose à ses membres que d'être utiles à leur commerce nautique. Ils appliquent en substance, à cet endroit béni de Neptune, les règles d'administration de leurs navires : élection du capitaine et du quartier-maître, part de butin équitablement partagé…

Il s'agite, plus passionné :

— On y peut choisir son chemin, son destin, sa vie. Bien sûr des ordres sont donnés mais vous êtes libre de choisir qui vous les donne et même, hors navigation,

1. Sur le Solent, le bras de mer entre l'île de Wright et Portsmouth qui servait de base et de refuge aux bâtiments de la Royal Navy.

si vous désirez les suivre. Et ils ne sont ni précédés ni suivis de coups. Croyez-moi, ce n'est pas un détail. Ceux qui y vivent ne sont ni esclaves, ni serfs, ni subordonnés la plupart du temps… Ce sont des gueux, certes, mais des hommes libres. Le voilà, mon rêve !

Anne s'enthousiasme avec lui mais ne peut se retenir, à contrecœur, tant elle désirerait qu'il reste, de lui demander ce qui l'empêche de rejoindre ces gens.

— Mes finances, soupire-t-il. Nassau n'est pas séparée du monde au point d'ignorer que, pour y tracer sa route, mieux vaut posséder que mendier… Et si je m'y rends, ce sera avec un pécule suffisant pour y faire ce que je veux.

— Je vois, se raidit-elle, ce n'est pas ma personne qui vous retient. Je comprends…

Lui ne saisit rien de prime abord puis ouvre la bouche, soudain conscient de sa maladresse. Il bafouille, se lève, se rassoit et ne regarde plus que dans le flou de sa chopine d'alcool, cherche une porte de sortie et la trouve :

— Viendriez-vous avec moi ?

— Certainement pas !

Il se tasse sur sa chaise et dépose de dépit son couvre-chef sur la table. Elle sourit, heureuse et un brin gênée de le torturer. Elle s'explique :

— Pas si je ne suis qu'un porte-monnaie, pas s'il faut aliéner ma liberté pour que vous viviez pleinement la vôtre, pas si tôt dans notre relation et, surtout, pas sous n'importe quelles conditions. Sachez que j'ai eu une enfance compliquée par… disons… par la situation matrimoniale complexe de mes parents. J'ai appris à la dure que les hommes supportent très bien de toujours briser les règles mais ne le pardonnent jamais aux femmes qui l'osent, voire sont les plus ouvertement intolérants en toute chose à leur égard. Il va falloir me prouver que vous n'êtes pas de ceux-là.

Il lui assure que non.

Elle demande à l'éprouver.

Il exige de l'être.

La conversation suit désormais un autre cap. Ils se retrouvent sur leur amour de la liberté, dérivent sur la mer et les émotions qu'elle leur procure. Elle bat son plein quand un éclat de voix les interrompt. Deux hommes se font face après avoir déblayé les meubles qui les séparaient. Couteau à la main, ils tournent de concert tels des chiens crêtés prêts à mordre. Ils s'insultent. L'un d'entre eux, comprend Anne, accuse l'autre de vol, un coffret précieux dans lequel il avait dissimulé quelques affaires à lui. Dont un médaillon, clame-t-il, qui avait appartenu à sa mère. L'autre réplique, en mots très fleuris, que sa génitrice devait travailler dans un bordel, et pas des plus raffinés, et qu'elle était peu susceptible d'être en possession d'un pendentif quelconque ni de quoi que ce soit à part de la grande vérole. Il déclenche la rage de son adversaire qui lui saute dessus, le manque et s'effondre sur ceux qui font cercle en égratignant l'un des spectateurs. Il se retourne, l'autre agite sa lame en arc de cercle, un méchant rictus dévoilant une dentition sans incisives. Celui-ci tente une attaque. Il ne tranche que l'air et tombe à terre, touché au genou par un coup de pied. Il perd sa lame dans la chute. Son opposant lui pose sa botte sur la trachée, l'empêchant de se relever ou de respirer.

Anne et James se sont levés eux aussi pour observer la scène. Le vainqueur tend une main, un homme rompt les rangs et lui confie un sabre d'abordage, court et épais, comme celui qu'elle avait utilisé dans son propre jardin lors de la réception. Il lève le bras et s'apprête à épingler l'édenté au parquet. Sans réfléchir et choquée par l'exécution pure et simple à venir, Anne se précipite en criant un « non » retentissant. Elle emprunte au passage l'arme de James et se retrouve face à un marin qui la dépasse d'une bonne tête, solide et chevelu, une balafre sur le bras, une barbe brune hirsute sur des joues piquées et grisâtres trahissant le gros buveur ou le grand malade. Les deux, peut-être. La foule, heureuse de profiter plus longtemps d'un spectacle qu'il trouvait trop vite joué, murmure de plaisir.

— Tu en demandes aussi, mon gars ? interroge le butor.

— Tu le tiens. Cela suffit !

Elle hésite et peine à trouver une justification à son intervention intempestive. Elle se reprend :

— Inutile de priver nos bords d'un marin.

Il approuve et l'observe, semble percevoir quelque chose mais secoue la tête comme s'il n'y croyait pas. Il relâche son étreinte sur le pauvre bougre à terre qui se relève et part en bousculant l'attroupement sans demander son reste. Anne tourne le dos. Un cri de James l'alerte. Elle se retourne et pare un large mouvement de sabre. Elle écarte le tranchant en accompagnant le geste de son duelliste de tout son poids. Lequel, entraîné par son élan, lui offre le côté de son visage. Elle heurte en pivot sa tempe avec sa garde, en un coup de poing de toute la force dont elle dispose. L'autre s'effondre, les yeux révulsés, la bave aux lèvres. Sa tête, en tombant, vient heurter un banc en bois dans un bruit qui provoque des grimaces compatissantes, ou des mauvais souvenirs, dans l'assistance.

Elle fend l'assemblée et reçoit des claques de félicitations dans le dos, toutes plus douloureuses les unes que les autres. Elle ferme son visage et se rassoit à leur table. Son compagnon la rejoint, à bout de souffle. Il lui explique qu'il a retenu sa respiration tout du long. Il se renfrogne :

— Vous devez laisser les choses se faire. Malheur au vaincu. C'est ainsi. Quand on évolue dans notre société, on évite de se battre ou l'on gagne le combat. Vaincre ou mourir. Pas d'autre choix. Mais l'on n'intervient pas.

— Je me suis battue et j'ai gagné. Fin de l'histoire. Et une querelle mineure ne méritera jamais que l'on tue. Jamais ! À moins bien sûr de ne penser qu'avec des attributs virils que mère Nature ne m'a pas conférés... Ce qui devrait distinguer le mâle humain de l'animal, c'est précisément le choix de ne pas occire... Or vous en êtes tous incapables !

Sans mot dire, il la coiffe du grand couvre-chef qui lui appartient et repousse vers elle son sabre à plat sur la table. Il sourit, un peu fier et très apeuré. Il la cajole d'une voix tendre :

— Couvrez notre nuque. Il faut être puceau ou rond comme une pomme de touline[1] pour ne pas se rendre compte qu'elle est délicieusement féminine. Quant à ma lame, gardez-la. Vous vous en servez trop bien pour que je vous en prive. J'en trouverai bien une autre...

— Vous n'êtes donc point puceau ?

Il en crache son rhum de surprise, rougit et est sauvé par deux marins qui viennent, armés d'un nouveau pichet, féliciter le vainqueur. Ils s'assoient sans plus de façon à leurs côtés. L'un d'entre eux envoie un grand coup d'épaule à Anne.

---

1. Nœud de bout d'amarres réalisé à l'époque autour d'un amas de chiffon en boule, parfois d'une simple pierre. Il sert de lest pour lancer le cordage.

— Quel est ton nom, mon gaillard ? Tu sais te battre !

Un silence un peu trop étiré lui répond. Anne rabat la passe de son chapeau sur ses yeux, et s'éclaircit la gorge :

— Adam, répond-elle dans les tons bas. Je m'appelle Adam.

Domaine Cormac, Savannah

Ce que cœur veut, la lame prend

Anne s'agite, transpire, donne des ordres avant de se dédire, place et déplace, organise puis désorganise, se sent *in fine* inutile et dépassée. William a enfin accepté, après moult tentatives, de recevoir James. « Un déjeuner sans prétention… et sans promesse de ma part », avait-il ajouté, frustré de voir sa fille s'accrocher à un parti qui, pour le peu qu'il en savait, ne lui paraissait ni convenable pour elle, ni satisfaisant pour lui, ni bénéfique pour la plantation.

Robert avait, tout en regimbant, consenti à jouer de nouveau son rôle de duègne. « De caution », l'avait repris son amie.

Soumise aux questions sans fin de son paternel sur l'employeur, le statut et les promesses d'avenir de l'impétrant, elle n'avait point cédé un pouce de terrain et lui avait expliqué que l'invité saurait répondre à toutes et plus encore. Le fait qu'elle ait prié Dieu pour que ce soit le cas n'appartenait qu'à elle seule. Sika et Hatayé l'avaient accompagnée plusieurs fois à Charlestown. Ils avaient évité les tavernes mal famées et s'étaient contentés des estaminets à ciel ouvert sur la grève. La discussion fut chaque fois difficile. À la grande détresse d'Anne, ses amis et James n'avaient tout simplement rien à se dire et trop peu en commun si ce n'est leur intérêt pour sa petite personne.

L'Indienne, dont le ventre pointait déjà la génération suivante, avait été rebutée par l'indifférence à peine voilée avec laquelle le marin avait appris et commenté la nouvelle de sa grossesse. Par respect pour son amie, elle n'avait rien dit et retenu son mari d'expliquer, avec sa franchise sans concession habituelle, à l'indélicat les règles de base de la courtoisie humaine.

Anne avait tout saisi, tout relativisé et presque tout oublié.

Robert, arrivé en avance – l'une de ses vilaines habitudes – prend le temps de saluer le maître de maison et agrippe le bras de son amie. « En confidence », lui explique-t-il, elle doit crever l'abcès avec les deux autres. « L'amour, avait-il osé, dure le temps des roses, l'amitié, celui des chênes. Ne cultive pas l'un en arrachant l'autre. »

Mal à l'aise, elle retrouve Hatayé et Sika devant la nouvelle baraque que le jeune futur papa vient de construire lui-même, étonnamment solide et bien charpentée, située près d'un cours d'eau qui permet à sa femme de rejoindre sa tribu en canoé quand elle en éprouve le besoin.

Elle fait les cent pas sous l'œil très amusé de ses amis. Puis leur explique tous les sentiments qu'elle éprouve, passablement agacée et embarrassée de devoir se mettre à nu :

— Je saisis que peu vous rapproche mais tout nous lie, lui et moi : la mer, l'aventure, les espoirs. Que sais-je ? Et j'ai le droit de prendre mon tour. J'ai le droit d'avoir enfin déniché l'oiseau rare, celui qui me supporte telle que je suis, quelqu'un qui rêve avec moi. Je peux enfin laisser mon cœur s'emballer…

Hatayé se lève, pose deux doigts sur ses propres lèvres et les appose sur la poitrine d'Anne :

— Que ton dieu et le mien vous protègent tous les deux, Anne. Nous t'aimons comme une sœur, ou un frère. Tout dépend de ta tenue… En revanche, n'attends point que nous nous emballions pour James. Nous suivons des pistes trop parallèles pour se rejoindre. Mais s'il est ce qu'il te faut. Bien. Il est adopté.

— Il est quand même un peu… tente Sika, moyennement convaincu.

Robert tente de le faire taire en écarquillant les yeux. Trop tard, Anne le relance d'un soupir et d'un geste las. Il poursuit :

— Il est gentil avec toi, me paraît sincère et déjà sous ta coupe. Et c'est normal. Mais enfin, il pourrait l'être avec plus de caractère. Tu l'as choisi et nous le respecterons, comme l'a dit Hatayé, mais le fond de ma pensée c'est qu'il est bien trop fade pour tes couleurs, trop effacé pour ton tempérament.

— C'est un pirate !

— Certes, et dans toutes les histoires que tu nous racontes, à quel moment a-t-il pris la peine, le risque, de venir à ton secours ? Chaque fois, tu combats, il bat des mains, tu bats du cœur.

— Les lois du duel sont claires…

— En voici une loi pour toi, pour ton monde mal famé : ce que cœur veut, la lame prend. La sienne reste au fourreau. Point final.

Il se lève, s'approche d'elle et adoucit sa voix. Il l'étreint. Trop fort.

— Je t'aime quand même, lui murmure-t-il.

— J'étouffe, dit-elle.

— Je sais. Et c'est tout le problème : tu étouffes. Il emmène un vent d'air du large. Mets les voiles avec lui si tu le souhaites mais n'oublie jamais que nous sommes ton port d'attache.

William engloutit les verres de vin et apaise ainsi la colère qu'il sent poindre. Ce bellâtre assis en face de lui tient remarquablement l'alcool mais c'est bien l'unique bonne marque qu'il daigne lui accorder. Et le regard énamouré de sa fille, passée, en un battement de cils, de sauvageonne à tendre fleurette pour marin sans le sou, le souffle au-delà de ce qu'il eût pu imaginer. Il sourit tristement pour lui-même. Si on lui avait dit un jour qu'il regretterait l'indomptabilité farouche de sa fille… « Qu'elle se rebelle, par tous les diables ! pense-t-il. Et pas seulement contre moi. Celui-là n'a rien pour lui si ce n'est qu'il est tout à elle. Un caprice, un jouet de plus… »

Robert déploie tout son savoir et sa bonne éducation pour tenter de divertir une compagnie rétive. Il désespère de les intéresser avec la prise récente par les Français des îles de Saint-Christophe et Nieves[1], des problématiques routes commerciales maritimes, des innovations scientifiques pour le tissage du coton… Rien n'y fait. Il renonce et manque presque de remarquer que le maître de maison vient de reprendre l'une de ses interventions.

— Il est vrai que pour les trajets en mer, explique William, ces foutres de pirates – pardonnez mon langage – et leurs lâches attaques ne nous facilitent pas la tâche. Rien que le mois dernier, j'ai perdu

1. En 1706, il s'agit de Saint Kitts et Nevis, sur l'arc antillais.

quelques balles de coton que je comptais vendre à Londres. Et je ne dois pas me plaindre : il se murmure que l'équipage a été massacré. Il a disparu corps et biens…

Robert craint l'affrontement, il se lance dans une autre diversion. Trop tard. James plante ses yeux dans ceux de son putatif beau-père.

— Il n'a pas disparu, se contente-t-il de répliquer.

— Si vous savez où il se trouve, jeune homme, confessez-vous, par Dieu. L'amirauté a placardé partout des avis de recherche, ce qui dit assez qu'elle est incapable de mettre la main dessus.

— Elle ne l'avouera jamais, mais c'est elle qui est en partie responsable de leur disparition.

Interloqué et choqué, William coule un regard vers Anne qui reste de marbre mais invite d'un signe de tête son amoureux à s'expliquer. Lequel décrit, avec force détails, le traitement auquel est soumis un marin à bord d'un navire de commerce : eau croupie, légumes pourris et trop vite absents, viande saumurée aux vers, le tafia[1] pour leur faire oublier la douleur et la fatigue, les coups d'ivrognes galonnés quand ce n'est pas l'incompétence crasseuse d'un capitaine qui se trouve être le fils, le neveu ou le cousin de l'armateur… Il se saisit d'un biscuit sur la table qu'il tapote vigoureusement sur son assiette, comme s'il voulait le faire rebondir.

— Avez-vous déjà eu à faire sortir les asticots de votre pain avant d'en prendre une bouchée ?

William concède qu'il a dû se plier à cet exercice lors de sa traversée d'Irlande vers les nouvelles colonies.

1. Rhum de faible qualité fabriqué à partir de mélasse de canne à sucre.

— Mais cela n'explique en rien qu'une vingtaine de marins aient disparu de la surface de la terre !

James s'est redressé. Sa main droite s'est resserrée sur son couteau de service sans qu'il en prenne conscience. Il le relâche, soupire et condescend à poursuivre. Il interroge son interlocuteur : que pense-t-il concrètement qu'il advienne quand des pirates abordent un navire marchand ?

— Ils pillent et tuent. Enfin… Quelle étrange question concernant des assassins et des voleurs de la pire espèce !

— Je suis au regret de vous contredire, explique-t-il. Certes, ils pillent mais ils ne tuent point, à moins, bien sûr, de n'y être contraints parce qu'ils sont attaqués. Concrètement, ils réunissent l'équipage et tiennent les officiers à part. Puis, ils questionnent chaque marin.

— Et ils leur offrent un verre de Bourgogne ?

— Ils leur offrent de narrer la façon dont ils ont été traités à bord. Bien ou mal. Avec compréhension ou injustement. Chat à neuf queues[1] ou pas… Si d'aventure ils ne se plaignent pas trop, ils ont le loisir de rester dans la marchande et avec les gradés s'ils le veulent. Dans le cas contraire, et quoi qu'il en soit, les « nouveaux propriétaires » leur proposent de rejoindre leurs rangs. Et de vivre libres, de choisir leur destin en quelque sorte. Sans risque de m'égarer, je pense que votre équipage et vos balles de coton travaillent désormais pour ces « foutres de pirates ».

— Et les officiers du bord ?

— Morts, s'ils abusaient, vivants sur une chaloupe quelque part en mer ou sur une île s'ils étaient corrects.

1. Façon marine de parler du fouet : un manche et neuf lanières.

Sur leur propre navire même, si les marchandises peuvent être stockées sur les bâtiments au *Jolly Roger*.

Il sourit franchement.

— Ou pirates s'ils ont une once de bon sens et beaucoup de chance.

C'en est trop pour William qui se redresse et fait les cent pas, pâle et fébrile.

— Je vois où va votre admiration et sans doute votre loyauté. Je n'admettrai jamais un assassin ou l'un de leurs complices sous mon toit. Je vous demande de partir, monsieur. Et vous recommande fortement d'oublier le chemin de ma demeure et celui qui mène à ma fille. Ne m'obligez pas à faire part de mes soupçons à votre égard au premier officier de Sa Majesté que je croise.

Sa fille se lève. Muette, un regard à enflammer les vagues, elle prend d'autorité la main de James et l'entraîne vers les portes battantes ouvertes. Robert, pantelant, reste assis et se mord les lèvres. Une œillade de son amie l'absout de toute responsabilité dans le cataclysme présent. Le couple tourne les talons. Anne, de dos, parle à son père par-dessus son épaule, la voix comme miel sur boulet rouge :

— Vous recevrez une invitation pour notre mariage, père. Rien ne me ferait plus plaisir que vous nous rejoigniez. Je vous y présenterai alors certains de nos amis. On les dit pirates. Vous pourrez juger par vous-mêmes. Mais c'est Robert qui m'accompagnera à l'autel.

Il avait fallu une délégation, menée par lady Fraser, son mari et son fils, pour que William accepte d'en rabattre. Il avait tout d'abord refusé d'aller aux noces de la promise puis, plus tard, de les organiser, enfin, à bout d'arguments, de verser son or « dans le puits sans fond des caprices d'Anne ». La perspective, avancée par un Robert manœuvrier, de recevoir toute la bonne société des environs, d'asseoir plus encore son influence parmi elle et, sans doute, de débloquer voire d'entamer certaines affaires commerciales, avait eu raison de ses réticences.

L'Écossais, chaleureusement félicité par Sika et Hatayé, s'était contenté de leur répondre : « A.I.S.E. : Argent, Idéologie, Sexe, Ego[1]… Sur ce coup-là, l'ego était évident. L'argent aussi… »

Anne, entendant que son géniteur arrivait à bout de lest, s'était faite discrète. Elle avait même espacé ses visites à James et confié le temps gagné à Sika, Hatayé et Robert. Elle les avait emmenés en mer, pour des pique-niques sur une petite île toute proche. Ils avaient pu éprouver ses réelles et nouvelles qualités de marin. Et sa joie de vivre retrouvée. « Je me sens enfin au complet, leur avait-elle confié, entière et parée à entamer une nouvelle vie. »

Mais aujourd'hui, sa bonhomie se mue en une anxiété douloureuse. Un croc de boucher lui soulève le sternum d'angoisse. Elle transpire à en tremper la robe – *trop échancrée*, pense-t-elle – qu'elle porte pour que son père puisse l'emmener vers l'autel improvisé au beau milieu du parc du domaine, une concession de sa part. Le père O'Reilly est venu l'assister et la conseiller. Avec sa brutalité franche d'Irlandais mal embouché, ses yeux gris ennuagés de la brume de la

1. Le sigle est en réalité en anglais : M.I.S.E. pour Money, Ideology, Sex, Ego, les quatre leviers pour « retourner » une personne selon Machiavel et les services de renseignements modernes.

ville des tribus[1], ses mains en pelles de rame et sa forte carrure en guise de jugement divin, il s'était contenté de lui asséner :

— Les noces ne sont que le début en fanfare d'une ronde qui va vous tournebouler toute votre vie. Acceptez-le et priez pour que vous vous y habituiez. Dieu pourvoit à tout sauf aux bons maris : ce n'est pas son travail, c'est le vôtre.

— Amen, avait-elle répondu en réflexe, s'interrogeant réellement sur la pertinence de l'embrasser ou celle de lui casser la mâchoire pour ses paroles.

Les jambes faséyant[2], la bouche empéguée, la respiration oppressée et les bras en fibres de coton, elle participe à la cérémonie comme hors de son corps. Un pied vient la heurter. Le prêtre réclame son attention. Elle se ressaisit et répond : « Je le veux » à la question fatidique. « Et vous, poursuit-il, James Bonny, acceptez-vous de prendre Anne Cormac comme légitime épouse ? Promettez-vous de l'aimer, de la réconforter, de l'honorer et de la protéger, de lui être fidèle aussi longtemps que vous vivrez… » Elle n'attend pas la réponse positive pour lui saisir la main. La voix de l'officiant passe par-dessus le vent et les déclare « mari et femme ». Elle s'en sent étrangement soulagée et baisse les épaules sous le cri poli et étouffé de l'assistance. Sika pleure à chaudes larmes, soutenu par sa femme, sur le point d'accoucher, et Robert venu à son secours. William a les yeux humides. Sa fille et lui jettent dans le même moment un regard quelques

1. Galway, en Irlande. Référence aux quatorze tribus qui dirigeaient la ville autrefois.

2. Une voile faseye, tremble, quand elle est face au vent ou sous lui.

yards plus loin, vers la tombe de Mary et sa haute croix celtique, comme une prière à Dieu. Celui d'Anne se détourne ensuite vers la luminosité de l'océan. Les amis de James, fort discrets et quasiment absents des réjouissances, viennent les féliciter. William songe qu'ils semblent sortir des buissons et avoir dormi en leur sein de longues nuits sans hygiène. Il tord le nez en observant quelques vilaines cicatrices de lames contre chair, une odeur de rhum et de sueur prononcée, des mines pour certaines patibulaires et une façon de marcher à nulle autre pareille, celle des hommes trop amarinés pour se faire à l'équilibre serein de la terre ferme. Ils ont préparé une surprise aux amoureux et les attirent vers la côte. Là, une chaloupe d'apparat aux francs bords dorés, pavoisée de pavillons colorés, les attend. Le nom d'origine sur la poupe a été raboté grossièrement. Le vaisseau est désormais baptisé de leurs deux prénoms. Ils ont eu la galante précaution de commencer par celui d'Anne.

— Un cadeau pour notre nuit de noces ! s'esbaudit James sous les commentaires gras et peu subtils de ses camarades sur la nuit à venir et les doutes sur ses compétences pour bien y figurer.

Quelques-uns se proposent à sa place, d'autres miment une copulation endiablée.

La fête bat encore son plein chez son père, plus loin vers l'ouest, quand Anne, chair de poule, front enfiévré et angoisse tout à la fois entretenue et retenue par le désir, se déshabille dans l'étroite cabine.

William l'a faite chercher au petit matin. Il l'attend dans son cabinet de travail. Elle l'observe. Il semble vieilli. Sa perruque ne parvient pas à dissimuler des cheveux plus blancs que gris qui se raréfient sur son crâne. Ses épaules voûtées semblent porter un fardeau douloureux et oppressant. Ses manches de chemises flottent autour de bras blancs et maigres. Ses mains sont pointillées de taches brunâtres telle une misaine[1] trop longtemps hissée ou abandonnée dans une soute à voiles humide. Un portrait de Mary orne un mur tapissé en vert profond. L'artiste a pris soin de croquer à la perfection sa mine sévère et son regard doux. Elle règne plus qu'elle ne pose. Quelques scènes de chasse l'accompagnent. Un mortier à fard et un médaillon lui appartenant se couvrent de poussière sur le côté du bureau. Rien qui ne puisse rappeler Kinsale et sa vie précédente. Une odeur de cire et d'encre lui agace le nez. Elle chasse les souvenirs qui viennent se bousculer en chalands au marché et repousse aussi le fantôme de sa mère dont l'image lui paraît ne point la quitter des yeux.

Plus sentencieux que jamais, son père lui explique qu'il s'est fait une opinion sur James... et sur elle. Il leur souhaite le meilleur, cependant il est clair pour lui que ce « meilleur » ne sera pas à servir la plantation. Ni de près ni de loin : « On ne récolte pas encore le coton sur les flots », tente-t-il de plaisanter, les traits tristes. En conclusion, il est prêt à lui léguer, à elle seulement, pas à James, une fort jolie somme qu'elle devra considérer comme son héritage. Pour le reste, au cas où il devrait quitter ce monde, il a anticipé avec les Fraser un accord de transmission. La plantation gardera son nom à lui et sera gérée par Robert, s'il accepte – ce dont il doute –, ou par ses parents. Il ajoute qu'il a par ailleurs signé un ordre

1. Le mât de misaine est le premier mât à l'avant du navire, sa voile basse est appelée la misaine.

d'affranchissement pour Sika, déjà libre dans les faits. Il le sera donc officiellement. Il lui offre le lopin de terre d'une âcre[1] où il a construit sa maison, ce qui lui permettra de faire vivre sa famille. Il ajoute qu'il a essayé de penser à tout pour elle mais qu'il demeure ouvert à toutes propositions.

Anne, abasourdie, ne sait plus quoi penser. Elle le remercie, lui confirme qu'elle ne voulait point s'occuper de ses affaires.

— Tout est pour le mieux, alors, conclut son père.

— Pourquoi donc ai-je le sentiment d'être passée à la planche, répudiée ?

— Ta vie, depuis toujours, possède sa façon de t'éloigner de moi, de ce qui m'est cher. C'est ainsi et, si je dois être honnête, j'en partage sans aucun doute la responsabilité. Ton mariage avec cet homme m'a simplement dessillé les yeux. J'étais aveugle. Je ne le suis plus. Je ne fais que valider un état de fait.

— Et je suis renvoyée comme les péronnelles que vous troussiez avant ma mère ? Et pendant votre relation peut-être ?

Elle se contraint à baisser la voix. Son paternel se veut pragmatique et froid. Soit. Elle ne peut le suivre sur cette voie-là, met de l'ordre dans ses idées puis les lui expose :

— Je souhaite que mon « héritage », ainsi que vous le nommez, me soit octroyé en pièces sonnantes et trébuchantes. Point de papier ni de banque. La somme devra m'être livrée d'ici à une semaine. Quand je la recevrai, nous nous dirons adieu : puisqu'il apparaît que vous aimez les soldes de tout compte, je tiens à solder le mien.

1. Un peu plus de quatre hectares.

Elle s'approche et se saisit du médaillon de Mary. Elle l'ouvre et y découvre un dessin de son visage, sans doute par le même peintre qui a réalisé le tableau.

— Et je garde cela, il me rappellera la mère que j'ai eue et le père que j'eusse aimé avoir.

Elle le quitte sans rien ajouter et presse le pas, une larme qu'elle ne désirait point glisse sur sa joue. Elle l'essuie, renifle violemment et murmure pour elle-même : « La fortune ou la mort. »

Au large des côtes de Floride

Effacer lady Cormac et renaître

Le capitaine Mortimer Flanders hume l'air, tend la joue à la bise, plisse les lèvres et les yeux. Un grain arrive. Il sera accompagné de ces coups de vent brefs mais lourds, et de leurs trombes d'eau habituelles au large de la Floride. Il interpelle l'un de ses mousses et lui demande de grimper sur la grande vergue, de s'y accrocher solidement, et de s'époumoner s'il aperçoit un récif. Avec le gros temps, les vagues erratiques à venir, les courants et la multitude de cayes[1] dans ces parages, autant demander à un aveugle de se mouvoir au beau milieu d'un troupeau de buffles en panique. Il veut se prémunir. Le gamin écarquille les yeux, pâlit, déglutit, finit par acquiescer. Il agrippe un hauban pour l'enjamber et y monter. Ses jambes tremblent déjà. Un homme lui pose, paternel, une main sur l'épaule, le repousse sans heurt et grimpe à sa place, souplement, sans à-coups. Flanders hausse les épaules, celui-là semble savoir ce qu'il fait. Un étrange passager, silencieux. Il les avait invités à partager un repas dans sa cabine, comme le veut la tradition, lui et son compagnon de voyage,

1. « Keys », comme en Floride, en anglais. Hauts-fonds près des côtes qui se découvrent parfois. Petites îles par extension.

un certain James Bonny. Autant ce dernier avait été bavard, excité de naviguer, autant cet Adam Cormac n'avait quasiment pas desserré les mâchoires, répondant poli et sans affectation, à voix très basse, à chacune de ses interrogations mais ne relançant jamais la conversation. Il ne fallait cependant point bénéficier de ses quinze ans d'expérience à naviguer sur toutes les mers pour se rendre compte qu'il était un très bon marin. Il l'entendait souvent, la nuit, arpenter le pont, pieds nus, le visage toujours dissimulé sous son grand chapeau brun. Il lui semblait parfois percevoir une chanson irlandaise chantée d'une voix claire, presque féminine.

Le bâtiment commence à être ballotté, sa course perturbée par une houle forte et croisée. La mer est réveillée sous le vent et s'en agace. Un rouleau le fait tanguer. Le gabier volontaire perd pied, ne lâche pas prise avec son bras droit et profite du balancement pour se rétablir sans avoir à ralentir. Il poursuit sa grimpette. Le capitaine jurerait l'avoir entendu rire quand il était suspendu dans le vide. Il est déjà à poste, campé sur le filin inférieur, les bras enroulés sur la vergue.

Anne-Adam profite de la vue pour rêvasser, nostalgique et hésitante. Les adieux à son père furent brefs et froids, ceux à ses amis, larmoyants et chaleureux. Elle les avait quittés sur un mensonge. Elle leur avait promis de revenir tout en sachant pertinemment qu'elle ne s'y autoriserait point : un navire qui cule[1] fait naufrage. Elle ne s'échouera point. Sa vie désormais est devant elle, là, sur cette étendue bleue, mystérieuse, sauvage et infinie. Libre et attirante parce que effrayante. Un bouillonnement blanc perturbé en léger siphon attire son attention. Elle tend le bras vers lui et hurle : « Récif

1. Reculer en termes nautiques.

à tribord ! » Sur le pont, les matelots s'agitent, le capitaine a pris la barre. Elle sent le bateau dévier de son cap, son espar s'ajuster sous les balancines qui étirent la toile au vent. Ils passeront l'obstacle sur son bâbord. Elle aperçoit James, minuscule vu de haut, aider aux manœuvres, reprend sa position de singe et s'évade encore de son perchoir. Son coffre, solidement arrimé dans leur cabine, contient toute sa vie : très peu de linge, le médaillon de sa mère, son sabre et un couteau, élégant, gainé et emperlé, offert par Hatayé, une petite statuette en bois porte-bonheur, une divinité africaine, sculptée d'une main de maître par Sika lui-même et les plus récentes cartes marines que Robert, Dieu seul sait comment, avait réussi à se procurer. Un gros sac en cuir pèse sur le tout : son « héritage », une belle somme en guinées d'or, de quoi en finir avec un monde pour en découvrir un autre.

James avait réglé les détails du voyage. Ils se rendraient en Jamaïque d'abord, frustrant puisqu'ils passeraient au large de Nassau, mais incontournable. De là, ils trouveraient bien le moyen de rejoindre Providence. Il connaissait une taverne un peu similaire à celle de Charlestown et un certain Christopher, client régulier, qui leur trouverait une embarcation pour leur destination finale. Elle avait insisté pour voyager en homme. « Pour effacer lady Cormac et renaître », lui avait-elle expliqué. Il n'avait ni compris ni insisté.

Les jambes ankylosées, elle change de position. Un point sur leur arrière. Elle plisse les yeux, crie et mime une lunette pour en obtenir une. Le mousse, cette fois, ne coupe pas à la corvée et la lui apporte, la mine verdâtre. « Il faut se mouvoir avec le bateau, ne cherche pas à savoir où est le haut ou le bas, bâbord ou tribord. Dis-toi que tu n'es qu'un bout de gréement et réagis comme tel. Rien de plus », lui conseille-t-elle avant qu'il ne redescende, pas franchement rassuré. Elle ajuste les lentilles et distingue un navire trapu, coque jaune et noire, assez imposant, qui les rattrape en trois quarts arrière.

Elle revient sur le pont pour faire son rapport au capitaine qui arrive à la même conclusion qu'elle :

— Nous allons avoir la visite d'un bâtiment militaire. Prions pour qu'il soit anglais. Avec les soubresauts de notre monde, je ne sais plus trop qui craindre le plus : les Français, les Espagnols, les Portugais... Allez savoir contre qui nous sommes en guerre. Une poule n'y retrouverait point ses poussins...

Le visiteur se rapproche, un vingt-quatre canons, menaçant, arborant le pavillon carminé de la croix de saint George. Flanders demande à ses hommes de « mettre en panne pour les attendre, de nettoyer le pont et d'avoir une tenue digne de la Royal Navy ».

— Même si ces soldats de bois prétentieux de Whitehall[1] mépriseront toujours les bâtiments marchands, quoi que nous fassions, ajoute-t-il pour Adam à voix feutrée.

Anne se rapproche de la bordée, rejointe par James. Le mousse est à son grand désespoir renvoyé dans la mâture : les deux bateaux vont dériver de concert, pas question de heurter un rocher immergé sans possibilité de manœuvrer.

Une chaloupe parvient jusqu'à eux. Un premier lieutenant monte à bord suivi, avec moins de facilité, de trois soldats en veste rouge et de leurs mousquets puis de deux marins, lame au côté.

— Lieutenant Mapple, se présente-t-il avant d'enchaîner avec le protocole en usage. Mes salutations.

1. Siège de l'amirauté à Londres.

Pourriez-vous me confier le nom, la destination et les desseins de ce bâtiment ?

— Capitaine Flanders, commandant du *Virginia* en route vers Kingstown sur l'île de la Jamaïque où nous délivrerons courrier, bois de campêche, divers matériaux de construction et du riz. Deux passagers avec nous.

L'officier jette un coup d'œil autour de lui pour vérifier les dires de son interlocuteur. Il s'incline en guise de remerciement. Il lui tend un paquet maintenu avec une ficelle grossière : les lettres de son navire à acheminer sur la grande île d'où elles seront redistribuées. Comme le veut la tradition, Flanders lui offre de partager un verre dans sa cabine et d'échanger quelques informations.

— Je crains de ne pouvoir accepter, répond-il, nous sommes en course. Un bâtiment pirate a sévi du côté de Chub Caye. Ils ont capturé des prises dérisoires mais ils persistent à louvoyer entre ces terres. On nous a signalé qu'il s'agit d'une flûte[1] gréée pour le combat. Nom inconnu jusqu'ici. Nous la chassons. Prenez, par ailleurs et donc, garde à vous : ces eaux sont infestées de ces raclures de ponton[2].

Les deux hommes se séparent. L'Anglais hisse vite toute la toile dessus et s'éloigne vers l'ouest, vers la côte.

La nuit tombe et emprisonne la chaleur sous son dôme d'obscurité. Le capitaine peste contre une navigation sans lune, hésite à allumer son fanal :

---

1. Navire aux voiles carrées et à la carène arrondie, inventé par les Provinces-Unies, alliant manœuvrabilité et bel espace de stockage. Très rapidement récupéré par les marines occidentales pour le combat.

2. Prison : on se servait de vieux bâtiments désarmés comme geôles.

— Il attirera les pirates comme une lanterne les moustiques. Et avec cette noirceur impénétrable, on nous repérera à cent miles.

Il se résout pourtant mais insiste pour renforcer le quart de nuit. Adam et James se proposent et sont « embauchés » pour l'occasion avec la gratitude soulagée du maître du bord.

Le pont sombre paraît peuplé d'ombres silencieuses et spectrales. Les cordages, lovés à la hâte, serpentent sur le bois. Anne craint tout autant de s'y prendre les pieds que de s'y faire mordre. Les voiles parviennent à capter un soupçon de luminosité et font sursauter les marins quand elles claquent sous le vent. Les conversations se font murmures, les manœuvres indispensables sont ouatées. Le coq a tenu à changer la louche en métal près du tonneau d'eau par un ustensile en bois griffé. Les feux de la cambuse ont été couverts. James et elle sont chargés d'arpenter le pont arrière et d'y éteindre le falot en cas d'alerte.

— Ironie du sort, dit-il, nous voilà à faire tout notre possible pour échapper à ceux-là mêmes que nous voulons rejoindre.

Soudain agité, il se retourne vers sa femme :

— Et si nous trouvions un moyen de nous signaler, d'attirer leur attention ? Il nous suffirait alors de changer de bord.

— Et de compter les morts…

— Pas forcément.

— James, s'agace-t-elle, que crois-tu qu'il se passera si nous nous faisons aborder par nos amis ? Bien sûr, nous trouverions un embarquement pratique mais que feront-ils du capitaine, un brave homme, et de son équipage ?

— Rien, s'il ne résiste pas. Et nous pourrions le défendre, expliquer que le navire est bien tenu, avec bienveillance…

Elle soupire et hausse les épaules :

— Ce risque-là, il ne t'appartient pas de le prendre. À moi non plus d'ailleurs. Tenons-nous-en au plan d'origine. Il ne menace personne et je n'ai rien contre un voyage de noces en Jamaïque.

Un regard alentour pour vérifier qu'ils sont bien seuls et elle se presse contre lui. Coquine et mutine. Il l'étreint. Elle se fige, le repousse, s'écarte et se tend comme une drisse au travail.

— Va chercher le capitaine ! Prestement !

Elle se contraint à effacer de son ouïe le son des vagues, des pas de James, celui des frottements des pieds sur le navire et de quelques ronflements épars. Un bruit au loin, un brouhaha faible comme percé à intervalles irréguliers d'un hululement de hibou. Elle ferme les yeux, se concentre, lève le bras et pointe du doigt la provenance de ce qu'elle entend. Elle se fige et ne bronche point quand Flanders arrive, la chemise de nuit trempée de sueur, hâtivement recouverte de sa veste de jour, dévoilant des mollets blanchâtres et glabres de héron. Il se statufie à son tour et se force à ne plus respirer.

— C'est faible et clairement porté par le vent mais nous avons des visiteurs au sud-ouest, constate-t-il.

— Ils boivent, affirme Anne. Sans aucun doute : ces pics grasseyants, là, ce sont des hommes confits dans le rhum.

— Et comme je doute qu'une taverne se trouve dans les environs, nous avons affaire aux fameux pirates du commandant Mapple. Silence absolu sur le bâtiment ! Je fais passer le mot. Et veuillez avoir l'amabilité de m'éteindre ce lampion de la mort. S'ils ne l'ont point encore aperçu, ce n'est qu'une question de temps.

Elle se saisit de l'éteignoir puis interrompt son geste. À l'affût. Un froissement, des coups sourds, le claquement sec d'une voix grave et le raclement lourd évident de canons sur un pont…

— Trop tard, se contente-t-elle de constater.

— Je nous mets en fuite… Priez le diable, Dieu et tous vos saints irlandais pour qu'ils soient trop saouls pour une course efficace.

Anne se recule un peu et s'assoit, le dos contre la paroi du navire, la tête dans les mains. James et le commandant s'inquiètent. Ils s'approchent. Elle se redresse, le regard déterminé, les épaules tel Samson entre ses colonnes.

— Il y a bien un autre moyen, mais il est osé, très périlleux…

— Je vous écoute, lui enjoint de poursuivre le capitaine.

— Attaquons-les !

— Ce n'est pas « périlleux », c'est suicidaire, s'étrangle-t-il.

Elle marche en cercle devant eux pour mieux réfléchir à voix haute.

— Voyons, dit-elle. Ils sont plus rapides, plus maniables que nous. Mieux armés aussi. Il nous faut oublier la souris que nous sommes et faire accroire qu'elle est lion.

Elle se retourne vers Flanders.

— Ils sont ronds, autant que des barriques. Cela excite leurs émotions : courage maintenant mais panique contagieuse plus tard. Nous chargeons, faisons tonner nos deux pauvres tubes, demandons à l'équipage de hurler et, pour faire bonne mesure, si vous disposez d'un fifre et d'un tambourineur faites-les donner, et si vous avez un sifflet d'honneur[1], soufflez dedans comme si c'était un *uilleann pip*[2] !

— Vous me demandez de faire passer mon vétuste – mais adoré – sabot flottant pour un navire de guerre de Sa Majesté. Ils ne devront point être seulement imbibés de rhum, il faudrait qu'ils s'y soient noyés pour avaler cette fable.

— Et si vous avez quelques tissus rouges, demandez à vos hommes de les porter, l'ignore-t-elle.

Elle sourit comme une enfant :

— Il faut bien que nous ayons notre infanterie, nous aussi...

Un peu dépassé mais dominé par l'allant et l'optimisme d'Adam, sans solution de rechange, Flanders s'incline. Il prépare son bateau et son équipage selon l'idée de ce drôle de marin au regard de feu. Il sait, en son for intérieur, qu'il n'a aucune chance de les perdre en fuite. Ni aucune d'ailleurs de les battre au combat. En cas d'échec de leur ruse, sa manœuvre de repli devra être réalisée parfaitement et surtout au bon moment...

Il revient vers Anne et James, parés à la bataille, sabre au clair, pistolet et couteau à la ceinture, et se demande, l'espace d'un clignement de paupière, si les pirates n'ont pas déjà mis pied à son bord.

Celle qu'il tient pour Adam est déjà perchée un peu en hauteur sur un hauban, le sourire plus clair et large que sa lame. Il s'adresse à James, resté près du gouvernail :

— Si la farce ne fonctionne point, nous sommes farcis...

Il rit lui-même à sa pauvre saillie, se reprend sous le visage sévère de son compagnon, peu réceptif à

1. Sifflet utilisé pour transmettre des ordres à bord... et les faire entendre.

2. Cornemuse irlandaise.

son humour, concentré sur leur souci immédiat et le dilemme intime qui l'étreint : lui faut-il vraiment attaquer des hommes de fortune, ses compagnons ? Le capitaine se racle la gorge, inspire un grand bol d'air et souffle aussi fort qu'il peut dans son sifflet un ordre d'abordage qu'il espère correctement exécuté. L'artillerie fume. Le bateau dévie de son cap sous le recul. Il rectifie sa trajectoire. Un cri primal, bestial, de ceux qui défient les éléments, les démons et la mort elle-même, retentit au-dessus de son tricorne.

Au rugissement d'Adam répondent les hurlements des marins. Flanders les observe : ils paraissent réellement prêts à se battre. Il observe son passager sur le gréement. Un animal. Un prédateur. « Mieux que cela, songe-t-il, un homme capable de transmettre sa rage et sa folie meurtrière aux autres plus sûrement qu'une dame de bonne compagnie vous refile la petite vérole. » Il crie lui aussi. Sauvagement. Tous sur le vaisseau réclament leur part de sang. Les canons, rechargés, crachent encore leur plomb vers l'ombre qui se profile sur leur tribord. James, absent un moment, revient les bras encombrés d'un drap plié. Le commandant comprend qu'il est allé fouiller dans le coffre aux pavillons. Il le hisse. La croix rouge sur fond blanc se déploie. Le vaisseau de commerce le *Virginia* vient d'être adoubé navire de guerre de Sa Très Gracieuse Majesté.

Les pirates répliquent. Maladroitement. Un boulet tombe en gerbe bien avant l'étrave, les autres tapent au large et n'écorchent que les vagues. Ils tentent de tirer avec leurs mousquets. Peine perdue. Ils virent de bord sous les hourras de l'équipage. Flanders compose une petite danse de joie trépidante et vigoureusement balancée devant sa barre à roue. Son chapeau le déserte.

Anne descend. Apaisée, calme. Elle lui sourit puis le salue en posant deux doigts sur le rabat de son couvre-chef :

— Bien troussée, la pantomime, *my first lord*[1]. Ils ont détalé.

— C'était votre idée. Nous avons chanté selon votre livret. Je vous en suis plus que reconnaissant. Et nous n'avons même pas eu à nous battre…

— Oui. Dommage.

Voilà bien des heures, lui semble-t-il, que la vigie a crié « terre ». Elle s'était endormie depuis, sur la proue, avant que la masse grise au loin ne dévoile ses reliefs. James vient la réveiller.

— Regarde !

Une chaîne de montagnes comme une gigantesque dentition de requin dévore le ciel de ses sommets étrangement bleus. L'eau devenue plus claire hésite entre clair azur, vert tendre et transparence. Une odeur sucrée et âcre en même temps vient leur agacer les narines. Les oiseaux de mer volent au-dessus d'eux pour satisfaire leur curiosité et leurs besoins en lâchant du guano sur le pont fraîchement sablé. Ils ont eu le loisir de regarder les cartes avec Flanders qui les traite désormais plus comme des amis, certes redoutables et étranges, que comme des passagers. Ils vont longer la côte à distance, enrouler le cap Morant puis caboter sur la face sud de l'île jusqu'au goulet marqué par Fort Charles et enfin pénétrer dans la baie de Kingstown.

1. Abréviation pour *first lord of the admiralty,* premier seigneur de l'amirauté.

La ville les assourdit presque autant qu'elle les étouffe. Un nuage de poussière farde leurs visages trempés de sueur. Ils font de leur mieux pour ne point passer sous les roues des chariots ou les sabots des chevaux, voire le piétinement d'une foule bigarrée et bruyante. Ils ont pris le temps de faire leurs adieux à Flanders et à son équipage, promis à certains de les rejoindre dans leur taverne favorite. Le capitaine a tenu à offrir à « M. Cormac » le sifflet qu'il avait martyrisé lors de leur attaque fictive. Fort occupé avec les officiers des douanes, il n'avait point eu l'opportunité de les accompagner à terre mais avait pu leur conseiller une auberge baptisée *Les Sables Noirs* suffisamment bien tenue par l'une de ses connaissances.

Ils y sont reçus par un personnage qu'Anne jurerait être leprechaun : de petite taille, la barbe et les cheveux roux, des yeux bleus enfoncés dans les orbites et des sourcils qui auraient l'usage d'un peigne, ou mieux, d'un râteau. L'homme annonce s'appeler Andrew et dévoile une rangée de dents gâtées quand ils lui confient venir de la part du capitaine du *Virginia*. Il leur annonce cependant qu'il ne lui reste qu'une pièce « vu l'événement à venir », et qu'ils devront se la partager. Soulagés de ne point devoir faire chambre à part pour protéger le véritable genre d'Adam, ils l'interrogent sur les origines de l'affluence attendue en ville.

— C'est vrai que vous descendez à peine du bateau, leur explique-t-il, d'une voix étrangement grave. La Navy a intercepté un vaisseau pirate. Ils ont massacré tout le monde sauf un pauvre bougre. L'histoire raconte qu'il s'était caché dans la sainte-barbe[1] et qu'il menaçait de tous les faire sauter. Bref, il a été pendu ce matin.

1. Soute à munitions, à poudre notamment.

— L'affaire est donc terminée ? demande James.

— Ah, c'est que vous ne connaissez point notre lord gouverneur. Il a décidé, à titre d'exemple et pour semer l'effroi parmi cette engeance, de suspendre le corps dans une cage en fer aux murs de la forteresse. Les oiseaux se serviront au buffet pour les jours qui viennent…

James conclut ses questions en demandant à son hôte s'il sait où se trouve la taverne du *Cardinal's Hat*. Andrew recule de deux pas et les regarde avec défiance. Puis il semble se rappeler qu'ils sont recommandés et adoucit les traits de son visage à l'exception de trois profondes rides sur son front :

— C'est un drôle de repaire, de ceux que l'on évite si on ne veut pas finir dans une boîte en fer sur les murailles.

— Nous le savons, ment Anne. Mais nous y avons eu affaire à un triste sire qui nous a occasionné un mauvais procès. Nous voulons le retrouver.

L'aubergiste, rasséréné, leur donne les indications nécessaires et les observe quitter son respectable établissement pour l'un des lieux les plus mal famés de l'île.

L'enseigne de l'estaminet ne s'embarrasse pas trop de délicatesse : un galero[1] transpercé par une croix qui ressemble étrangement à une épée. À son habitude désormais, Anne rabat son chapeau sur ses yeux. Ils choisissent une table avec vue sur l'entrée. Une jeune fille, des taches de rousseur couvrant une frimousse blonde aux grosses joues, leur apporte d'office deux chopines et un pichet de rhum. James la prie de lui indiquer un certain Christopher de sa connaissance. Il le

1. Chapeau de cardinal : le galero cardinalice.

décrit rapidement et insiste sur la cicatrice en « v » qu'il porte sur la tempe gauche. Elle hoche la tête pour signifier qu'elle le connaît et pointe un doigt potelé vers le large et les fortifications sur le rivage.

— Il est en mer ? se méprend-il.

— Non, lui répond-elle d'une voix claire, il est en cage…

— Sur la forteresse ? C'est le supplicié ? l'interroge Anne.

La petite ne prend pas la peine de répondre à une question idiote par une réponse évidente. Elle s'éloigne.

Jamaïque, Kingstown

La gloire ou la mort mais
toujours en hommes libres

James, bien décidé à ne pas se laisser abattre par ce coup du sort, se lève et s'en va offrir quelques tournées et tenter d'obtenir, au pire des informations, au mieux un embarquement. Anne, elle, fait contre mauvaise fortune bon cœur : pourquoi ne pas profiter un peu de la Jamaïque ? Ils ont suffisamment d'argent pour paresser une bonne semaine avant de s'inquiéter de leur voyage vers Providence. Elle se détend, allonge ses jambes par-dessous la table jusqu'au tabouret qu'occupait son mari. Accaparée par les activités silencieuses et menaçantes d'une araignée chamarrée, magnifique et effrayante, vaquant entre deux poutres du plafond, elle ne repère pas l'homme qui, sans trop de ménagement, la dérange, pousse ses pieds et s'installe face à elle.

— Mes respects, matelot, dit-il d'une voix sifflée entre ses lèvres très minces.

Il pointe le menton vers James :

— La question est une torture. C'est même LA torture. Et ton camarade risque de passer pour un tortionnaire, ou pire, un espion, s'il persiste à se montrer indiscret et pressant... Certains s'interrogent déjà. Mon avis : offre-lui le coup de rhum de trop qu'il se taise ou déguerpissez et faites-vous oublier. Le temps présent dans les environs est plus à l'exécution qu'à la miséricorde, si tu suis ma pensée. Les cages en fer nous rendent bougons.

Elle observe l'intrus sans broncher. Trapus et de taille moyenne, la vingtaine, le nez un peu fort comme s'il avait décidé d'entamer une grosse germination sur son extrémité, des yeux gris et surtout un teint mat qui eût pu le faire passer pour un métis mauresque. Peu impressionné, l'individu, plutôt élégant pour la compagnie, remarque qu'il est détaillé, se redresse et fait un tour sur lui-même pour mieux faire admirer son allure. Il se rassoit, sourit.

— Satisfait ?

— Intrigué, lui répond-elle.

Encouragé, il se présente :

— Samuel Bellamy, Black Sam, si tu préfères… Et toi ?

Elle lui sert son « Adam Cormac » et explique à son tour qu'ils souhaitent se rendre à Nassau. Que cela lui plaise ou non. James s'y attelle à sa façon. C'est ainsi. Ils n'en démordront pas. Elle enchaîne :

— Si tu nous es d'une certaine utilité pour ce faire, tu es le bienvenu. Sinon, passe ton chemin et laisse-moi boire en paix avant que les démangeaisons de mon sabre ne s'aggravent.

Elle le tapote légèrement comme si elle voulait calmer son acier.

— C'est qu'il est impatient, ce vaurien.

Elle plante ses yeux dans les siens. Il éclate de rire et esquisse un salut courtois en penchant sa tête. Il commande d'un geste un autre pichet et lève son verre pour trinquer :

— Voici un homme comme je les apprécie. Tu n'as pas froid aux yeux, toi. Que le vent et les vagues nous mènent à la gloire ou à la mort, mais toujours en hommes libres !

Devenus compères, ils devisent sans répit en vieux amis. Prudente, Anne-Adam se dévoile peu mais encourage son interlocuteur à le faire. Anglais et fier de l'être, « élevé et nourri dans le Devonshire », le jeune homme, « pour des raisons qui lui appartiennent », a largué les amarres, femme et enfants pour s'installer en Floride. Lassé de voir passer de magnifiques vaisseaux chargés de richesses sous son museau, follement amoureux d'une merveilleuse jeune femme, Maria, qu'il souhaite couvrir d'or, il a « emprunté » un navire avec quelques amis, l'a baptisé *Fortune* pour lui porter chance, et invite depuis les rencontres navales et marchandes de hasard à lui confier leurs biens.

— Bien entendu, conclut-il, certains demandent à être plus convaincus que d'autres de la pertinence de leurs dons, mais enfin, nous en vivons plutôt bien.

Il la dévisage à son tour, soudain plus grave :

— Et toi ? Saurais-tu m'être d'une quelconque utilité ? Sais-tu au moins te servir de ton sabre ou te contentes-tu d'en menacer les importuns ? Puis-je te lancer un défi ?

— Tu veux te battre en duel contre moi ?

— Certes non, mon habit est neuf, il ne supporterait pas une éventuelle griffure. En revanche, il se murmure qu'un rat est allé, contre trente deniers, vendre ce pauvre Christopher et ses compagnons. Si tu l'abîmais, tu rendrais service à tout le monde. Tu es un inconnu de passage, on ne te retrouvera pas, j'y veillerai.

— Comment peux-tu être certain de sa trahison ? Et que fait-il ici si c'est le cas ? Et je ne suis pas ton factotum, débrouille-toi !

— Il est là parce que céans tout s'échange, y compris et surtout des informations, il s'acquitte de son travail de rongeur pouilleux. Nous ne nous doutons pas que c'est lui parce que les vestes rouges ne sont pas les seules à avoir des informateurs…

— Son nom ?

— Eugène Morrison, mais on l'appelle Squint[1] Gene.

— Mon prix, c'est de rejoindre Providence, avec James. Sans délai. Je m'occupe de votre mouchard à ma façon. Et vous m'aidez. C'est non négociable.

Il lui tend la main pour sceller leur accord, se recule un peu et lui désigne un homme dans la diagonale opposée à eux. Elle plisse les yeux et aperçoit dans la pénombre un bel individu, épaules larges, taille fine. La crasse de ses vêtements simples – une chemise, une culotte et des bottes en charpie – ne parvient pas à estomper les traits délicats d'un visage qui pourrait appartenir à un rêveur ou à un poète. Ses longs cils noirs encadrent des yeux de biche à peine altérés par un léger strabisme convergent.

Elle s'avance vers lui, repère James, fin saoul, effondré dans un coin, échanger des borborygmes et des évidences éculées avec un autre marin dans le même état. Elle tape sur l'épaule de sa proie, le prive de son couteau d'un geste leste et lui assène un coup de genou dans les parties sans prévenir. L'autre se plie en deux et couine, tente de se relever et reçoit un coup de poing sur la mâchoire qui le fait tourner sur lui-même. Anne a dégainé son sabre et le lui appose sur la gorge.

1. « Loucher » en anglais.

Black Sam observe la scène et mime un applaudissement. Il se rapproche des deux protagonistes, le regard aux aguets, curieux de savoir comment cet Adam Cormac va désormais traiter leur affaire.

Anne relève Squint Gene et l'assoit sur une chaise. Elle pense à baisser la voix pour la maintenir dans les graves. Les clients se taisent, patientent. En habitués aux rixes, ils se sont contentés de se réunir en cercle autour d'elle. Certains sourient, satisfaits de voir un Judas traité comme il se doit.

— Cet homme, commence Anne, est accusé d'avoir vendu un ami à nous, Christopher, qui pourrit désormais dans une cage sous notre nez.

Brouhaha de colère. Certains crachent. D'autres se signent. Du fond de son ivresse et de l'établissement, James, là-bas, hurle un « Tue-le ! » virulent, empâté et peu articulé. Il est repris par l'audience. Deux hommes s'approchent pour exécuter la sentence. Elle les repousse d'un simple geste :

— Il ne sera pas dit que notre société est plus injuste encore que celle des perruqués du palais du gouverneur. Il a le droit de se défendre. Nous l'écouterons puis nous voterons : la liberté ou la mort !

Beaucoup reprennent l'habituel cri de guerre des pirates, ici étrangement détourné par cet homme au ton bas, mais tous s'interrogent sur l'intérêt d'auditionner un coupable manifeste. Et point besoin d'une élection pour savoir qu'il faut lui mettre les tripes à l'air !

— Mon ami Cormac a raison, intervient Bellamy. Laissons cet étron s'exprimer d'abord. Il sera temps de rendre justice plus tard…

La foule, respectueuse de cet orateur, de son aura de capitaine et de ses succès d'« homme de fortune », approuve du bout des lèvres. Il fait signe à Adam de poursuivre. Lequel se penche vers son prisonnier et lui glisse quelques mots à l'oreille, inaudibles pour l'assistance. L'homme pâlit, son strabisme semble s'aggraver et ses jambes battent la chamade. Il bredouille, bave et tente de parler dans un gargouillis incompréhensible. Il renifle, regarde Anne, paniqué. Elle se contente de le fixer, les yeux de glace, le visage en granit, statufiée en Thémis inflexible. Il finit par articuler :

— Je n'ai rien dit ! Je ne les ai pas donnés.

Le grondement qui lui répond ne le rassure pas.

— Je le jure devant Dieu, insiste-t-il, retrouvant dans sa terreur son accent gallois. Je confesse que de-ci, de-là, je leur confie des petites informations moyennant quelques shillings. Rien de grave : l'arrivée de telle ou telle marchandise, un mouvement de l'un de nos navires dans les îles, l'identité d'untel ou d'untel... Des fausses pistes, principalement... Jamais rien d'important ! J'implore votre pardon ! Mais je n'ai pas dévoilé les plans de Christopher ni ceux de nos camarades.

— Quel est ton interlocuteur ? Qui te paye ? demande Anne, insensible à la colère qui l'entoure et réclame la tête du traître.

— Le sous-lieutenant Horatio. Il travaille pour lord Hamilton...

Le nom du gouverneur de la Jamaïque excite plus encore ses « juges ». Il essuie une volée d'insultes et des crachats. Un godet en étain le percute dans la figure et fait saigner son arcade. Quelques couteaux sont tirés. Anne se déplace vers Black Sam et s'entretient avec lui en confidence. C'est lui qui reprend la parole :

— Et si nous tuions deux oiseaux avec une seule pierre ? harangue-t-il. Pourquoi se contenter de ce résidu de lâche ? Confiez-le-moi et je me fais fort de venger notre pauvre ami supplicié et son équipage. Et de mettre un grand coup de pied au cul à nos amis du gouvernorat !

Les deux compères entravent les bras et les mains de Gene et le portent presque vers les chambres à l'étage sous les grognements satisfaits de la clientèle. Bellamy le traîne désormais dans une pièce, le jette sur une paillasse et se retourne vers Adam :

— Que lui as-tu dit pour qu'il se confesse ?

— Pas grand-chose. Seulement que je l'attacherai à un rocher à marée basse, écorché au préalable, et que je laisserai les crabes le déguster, jour après jour, en prenant soin de le remonter à chaque flux, puis de le redescendre à chaque jusant pour qu'il puisse profiter de leur appétit le plus longtemps possible. De le muer en Prométhée marin, si tu préfères… Il m'a cru.

Passé cet aveu sans ciller, Anne se retourne vers leur prisonnier.

— Nous allons un peu parler de ton avenir, toi et moi…

James, à peine remis de ses agapes de la veille, la tête en étau, des relents d'alcool fâcheusement incommodants et sonores, n'a eu d'autre choix que de se plier au plan d'Anne tout en pestant contre sa « façon compliquée d'envisager les choses simples » : il suffisait bien de pendre ou de découper le bonhomme et ils auraient pu passer à leur véritable but, « quitter cette île de malheur et rejoindre Providence ».

Il suit Gene depuis le début de la matinée. Celui-ci, le visage tuméfié et la démarche empruntée, erre en ville sans but apparent. Son chemin le mène maintenant vers la périphérie du centre, pas très loin du *Cardinal's Hat* qu'il dépasse sans y jeter un œil, voire en s'en écartant de deux pas. La poussière est désormais plaquée au sol par une pluie passagère aux gouttes de cascade, chaudes et massives, qui ne tarde pas à faire naître des ruisseaux charriant immondices, terre et brindilles vers la mer. Les deux hommes emboîtent par réflexe, à distance mais de concert, leurs têtes dans les épaules. Ils sont arrivés au « marché indigène ». Des dizaines d'échoppes colorées, rincées d'eau, vendent fruits, légumes, des tissus aux marmites de cuisine. Certaines proposent des étranges poupées en bois liées de raphia et des gallinacés sanguinolents. Quelques croix ouvragées aux multiples branches brillent sous le soleil qui revient soudain plus éblouissant encore avec la réverbération. James ignore une femme imposante qui lui griffe presque la face en lui proposant des colifichets tressés de cauris. Une autre lui offre de lui dire « la bonne aventure » ou de deviser avec les morts à qui il tient. Il a perdu sa cible de vue, la retrouve au coin de deux chemins, devant un étalage pyramidal précaire de patates douces. Un homme, fin et de haute taille, se tient à le toucher contre lui. « Certainement le fameux Horatio », pense-t-il. Mission accomplie : le rat a chicoté.

Anne et Black Sam se tiennent dans la pénombre et la chaleur d'un entrepôt empli de tonneaux vides. Curieuse, elle n'a su trouver que quelques traces de sel et de saumure dans leur fond. James les rejoint, essoufflé.

— Il devrait venir, le message a bien été passé.

Ils se renferment tous dans un silence agacé par l'impatience. Le quart de quatre heures à peine piqué, des ombres prudentes longent les planches disjointes de leur baraquement. Ils se réfugient derrière les barriques pour rester invisibles. Les inconnus entrent, s'étonnent d'abord de ne voir personne puis dégainent leurs pistolets quand Anne sort de sa cachette.

— Messieurs, les salue-t-elle en portant la main au chapeau.

— Vous êtes Cormac ? l'interroge celui qui doit être le sous-lieutenant, un échalas sec et à la pâleur contrariée par les tropiques.

Elle acquiesce. Il s'approche, sans cesser de pointer son arme sur elle. L'un de ses sbires surveille l'entrée du lieu, l'autre l'accompagne, le regard méfiant et périphérique.

— On m'a dit que vous aviez des informations pour moi ?

— Combien payez-vous ?

— Votre vie sauve, d'abord. Ensuite, nous jugerons selon l'intérêt de vos paroles.

— Insuffisant.

Le soldat à ses côtés s'approche encore et hisse le canon de son arme à quelques pouces du visage d'Anne.

— Cet homme va mourir s'il ne s'écarte pas, explique-t-elle posément à Horatio.

Le factotum concerné est secoué d'un ricanement mauvais qu'il n'a pas le temps de mener à sa fin. Son bras est heurté par le poignet d'Anne qui envoie paître le pistolet. Puis il est mis à terre par une attaque soudaine dans le creux de ses genoux, relevé avec une clef de lutteur pour se retrouver de dos contre le pirate, un couteau sur la gorge.

— Il meurt ou pas ? demande-t-elle aussi simplement que si elle s'enquérait de l'heure.

— Il ne meurt pas. Une guinée d'or pour votre peine et sa survie, une autre si j'estime que vous ne me vendez pas de la pacotille. Vous mourrez si c'est le cas.

Il pioche les deux pièces dans une poche de son habit et les exhibe. Elle relâche son étreinte. Le fâcheux respire. Elle ne peut s'empêcher de lui lancer un coup de pied qui l'envoie mordre la poussière. Elle sourit et s'approche de son interlocuteur qui lui lance la première de ses récompenses.

La fable préparée – un arrangement entre flotte arborant le *Jolly Roger* pour attaquer un navire fortement armé qui doit arriver au port dans les jours prochains – suscite un intérêt non dissimulé de l'officier. Voire sa surprise.

— Comment peuvent-ils savoir ?

— Ils savent, confirme gravement Anne qui ignore tout mais songe qu'elle a visé juste sans le vouloir.

— Et sur quelle côte sont-ils regroupés ? Peut-être sont-ils au large ? Quels sont les pirates impliqués ? Tu as des noms ?

Anne reste silencieuse et frotte index sur pouce. La deuxième pièce lui arrive. Elle exige la confidence la plus totale, argue du caractère sensible de son savoir, et demande à son interlocuteur de faire attendre sa soldatesque à l'extérieur. Il s'exécute. Elle s'est écartée vers le fond de la baraque comme pour bénéficier de plus de privauté, il la rejoint et ne peut voir se débusquer James et Bellamy. Le premier lui passe hâtivement un bâillon sur la bouche tandis que le second le prive de ses armes. Anne s'occupe de le ficeler en jambon à fumer.

— Voilà qui change tous nos plans : il y a anguille sous roche ici. Ils attendent une cargaison de valeur peut-être, murmure le capitaine pirate.

— Certes, avoue Adam. Mais d'abord, pour en savoir plus, il faut s'occuper des hommes dehors.

— J'ai une idée, affirme James.

Il pose son couteau sur la paupière de Horatio, appuie jusqu'à obtenir une goutte de sang et à se rapprocher de l'énucléation, lui explique qu'il va lui ôter son entrave et qu'il est prié, s'il ne veut pas devenir aveugle, d'envoyer les deux balourds en mission à l'autre bout de l'île. Leur prisonnier obéit sans rechigner en faisant l'effort de forcer sa voix pour se faire entendre sans bouger la tête au risque d'être éborgné.

Ils entourent le militaire. James a rangé sa lame.

— Je ne vais pas vous poser ces questions deux fois, lui explique Bellamy. Quels sont vos projets ? Pourquoi notre petite annonce vous a-t-elle secoué ainsi ? Qu'attendez-vous de si précieux que cela puisse intéresser notre société ? Vous allez nous raconter ce que nous voulons savoir ou je laisse mon compagnon vous redessiner les yeux à la façon de Polyphème.

L'homme à terre se raidit, en un garde-à-vous allongé :

— Je ne dirai rien. Et tant pis si j'y perds la vue. Dieu et mon droit ! Allez-y !

— Et voilà, soupire James, pourquoi faut-il qu'il retrouve son courage et les formules héroïques d'autrefois seulement maintenant ?

— Ce qu'un homme a le plus peur de perdre, ce ne sont pas ses globes oculaires, gros bêta ! se moque Anne.

Elle dégaine son sabre et le plante dans la poussière, tranchant face à l'entrejambe de Horatio puis en fait le tour, se campe et saisit des deux mains sa garde comme si elle s'apprêtait à actionner un massicot. Elle commence à plier les bras. La lame touche l'endroit sensible, fait plisser le tissu.

— Eh bien ? demande-t-elle.

Terrorisé, le supplicié essaie de reculer. James et Black Sam le maintiennent, la mine empathique de solidarité mâle pour le pauvre hère qui se tait encore. Cette fois, le fil a franchi l'étoffe et attaque les parties. Il hurle au contact de l'acier froid :

— Je vais parler ! Je vais parler ! De grâce, cessez… La dernière solde ayant coulé lors d'une tempête, explique-t-il, voilà plus d'un an que le gouverneur pioche dans ses réserves pour payer, au compte-goutte, ses fonctionnaires. Un navire parti de Londres, le *Northumbria*, devrait arriver bientôt pour y remédier. Il a été repéré au large des îles Vierges par deux caboteurs et un navire marchand. S'il est à nouveau empêché, nous aurons tous ici une mutinerie sur les bras.

D'où sa crainte d'une attaque concertée des pirates. Et voilà pourquoi il avait réagi si imprudemment.

Les trois amis laissent le sous-lieutenant vérifier qu'il dispose encore de tous ses abattis et se regroupent plus loin. La nouvelle est en effet d'importance. Mais la première question est de décider du sort du ligoté. Black Sam leur propose une solution :

— J'ai des contacts avec quelques esclaves marrons. Ils occupent plusieurs villages dans les Montagnes Bleues. Il existe une filière pour les rejoindre. Ils se feront payer mais le garderont. Je m'y engage.

— Il restera en vie ? demande James.

— Peu probable mais pas impossible. Son attitude en décidera, certainement. Ce n'est pas Westminster cet endroit, il va regretter son casernement. En revanche, personne et surtout pas l'armée ne pourra le retrouver. Voilà des années qu'elle tente de réduire ces communautés de Nègres évadés. Sans aucun succès.

— C'est réglé ! conclut Anne.

— Pas vraiment, pas tout à fait, sourit-il avec malice. Il me semble que ce paquet larmoyant là-bas n'est pas le seul à détenir un secret d'importance…

Anne et James se regardent puis l'observent sans comprendre.

Il s'incline vers elle à toucher le sol de sa main et du chapeau fictif qui le retient :

— Mes hommages, madame… Et toute mon admiration. Vous me trouvez tout à la fois esbaudi, fasciné et apeuré. Vous devrez me raconter votre histoire. J'y tiens !

Il se retourne vers James :

— Et mes félicitations à toi. Je suis très avide de savoir comment tu as pu la trouver, et plus encore ta méthode pour garder l'affection de cet adorable fauve qui pourrait – ne t'y trompe point ! – nous dévorer toi et moi sans même y songer.

Anne, soulagée de ne plus avoir à jouer Adam pour l'instant, rit clairement et lui demande sans modifier sa voix comment elle a été dévoilée. Il lève trois doigts et les replie au fur et à mesure de ses propos :

— D'une, très chère, votre gorge est remontée quand vous avez maintenu ce drôle contre vous et menacé de l'égorger ; de deux, « gros bêta » est sans doute la façon la plus féminine et touchante de dire « je t'aime » à l'homme de sa vie ; et de trois, enfin, seule une dame pourrait envisager de chaponner un homme avec autant d'ingéniosité sans jamais ciller, en aucune manière. Ce dernier point a d'ailleurs achevé de me convaincre.

Mer des Caraïbes

L'aventure enrichit le cœur
L'avidité appauvrit l'âme

L'eau ourle de blanc d'écume la proue du *Fortune*, les haubans sifflent leur contentement. La carène, le gréement et ses cordages en chanvre deviennent harpe qu'elle imagine celtique. La voile ronronne comme félin devant âtre. Anne, redevenue Adam, presque juchée sur le beaupré, crierait de joie si elle était seule. De l'autre côté du pont, sur la dunette arrière, James et Bellamy conversent avec force gestes et bras tendus vers le large. Ils ont étudié les cartes à s'abîmer les yeux depuis le départ. Ils avaient décidé d'étirer leur ligne de vaisseaux en mer des Caraïbes, entre le nord de l'arc antillais, Anguilla et Guadeloupe, et la Jamaïque. Black Sam avait dessiné sur le papier « un cône de probabilités » dont la pointe reposait sur Kingstown. En riant, il avait « exigé » d'être désormais appelé premier amiral de la Flotte. Il avait en effet battu rappel de toutes ses connaissances, les avait convaincues du bien-fondé de la course juteuse et vengeresse qu'il allait entamer. Beaucoup avaient répondu et une flottille bigarrée, de la chaloupe armée en guerre au cotre[1] fin, de la flûte au

1. Navire de taille modeste doté d'un seul mât.

vieux navire de commerce rafistolé, tous le suivaient, en armada de pirates.

— Mieux vaut pour nous ne point nous égarer et trouver notre proie. Ces gentlemen autour de nous peuvent être atrocement rancuniers s'ils déhalent et chassent pour rien, avait-il prévenu ses deux nouveaux amis.

Anne se décide à regret à redevenir sérieuse et grimpe au niveau des huniers[1] pour observer le large avant que le soleil ne disparaisse, là-bas, vers la Floride… vers la Géorgie… Vers Savannah. Elle secoue la tête et laisse le vent décider des larmes dans ses yeux et de leur envol perlé. Elle ne reviendra pas. Elle caresse dans son dos le couteau gainé de daim de Hatayé. Le savoir de Robert, la fougue rassurante de Sika lui manquent. « On ne court pas à reculons vers son passé sans se briser la nuque », se dit-elle pour la millième fois. Un soupir puis elle est accaparée tout entière par le spectacle d'une mer qui paillette d'or sous l'astre couchant, rencontre fugace des âmes disparues et de leur scintillement avec l'immensité, bientôt sombre et d'un infini effrayant. Avertie par Bellamy qu'une chemise seule peut la trahir, elle a emprunté à James un veston en gros coton bleu marine qu'elle ne regrette pas au moment où le vent plus frais du soir vient la saisir. Elle aperçoit au loin un éclat. Un rayon de lumière réfléchi par la barbe d'un rouleau solitaire ? Elle se concentre, refuse de battre paupière. Le voilà encore. Quelqu'un là-bas a chaussé une lunette, dévoilée par un éclat de ses verres.

L'Anglais vient par l'ouest, sans doute un peu plus au sud qu'ils ne l'avaient prévu. Il profite d'un vent portant, donc d'une allure manœuvrable, et d'un nombre suffisant de lignes de fuite s'il les aperçoit et tient à éviter le

1. Voile carrée du mât de hune, haut sur le gréement.

combat. Sam, juché sur le nid de pie, observe à son tour le mouvement de sa proie puis redescend avec assurance.

— Ils sont encore loin. Nous les chasserons à distance pendant la nuit. Mauvaise nouvelle, mais nous l'avions anticipée : les vingt-quatre canons qui nous intéressent sont protégés par une paire de douze canons qui m'ont l'air fins vaisseaux. Il est temps de signaler le rassemblement.

Les capitaines de la flotte pirate se rejoignent dans la cabine de Black Sam. Anne s'assoit par terre, dos au chariot du canon qui couvre la poupe du navire, un bras négligemment passé sur le cul-de-lampe[1], comme si elle étreignait un être cher. Les discussions sont menées à grand train : chacun a hâte de retrouver son bâtiment avant que la lune ne se fatigue de les éclairer et ne se repose derrière les imposants nuages qui s'annoncent. Deux camps s'opposent sous la lumière vacillante des chandeliers qui illuminent une myriade de particules en suspension comme un brouillard brodé de cuivre.

Les tenants d'une attaque frontale, la plus rapide et dévastatrice possible, arguent que des renforts pourraient venir leur compliquer la tâche s'ils patientent. Les autres, dont Sam, préféreraient éparpiller les vaisseaux escorteurs avant de reformer leur propre escadre et d'attaquer à huit contre un le vaisseau convoyeur.

Anne passe un doigt lassé sur la poussière du plancher. Elle fronce les sourcils, un trait, trois points… Elle tient le début d'une idée, entend quelques fragments de phrases sans s'attarder sur les mots prononcés. James plaide pour la tactique la plus téméraire. Elle sourit. Son mari ne se déparera jamais de ce côté bravache adolescent, un brin velléitaire, qui fait son

1. Partie arrière du canon.

charme. Pour l'instant. Elle pressent qu'elle pourrait s'en lasser, réprime un frisson et se contraint à ne plus y penser pour se consacrer à ses petits dessins. Elle se lève, se fraie une place autour de la table à carte. Son coup d'épaule bouscule un certain Alexander, l'un des complices de l'expédition, doué d'une musculature de fort des halles, handicapé par une pensée qui se limite à conjuguer le verbe « écrabouiller » à tout bout de champ. Il regimbe. Elle le fixe, renifle et lui accorde le regard triste du maître qui annonce à son chien qu'il va se prendre un coup de branche de tamaris. Déstabilisé de ne point être aussi impressionnant qu'il l'imaginait, il fait un pas de côté. Adam prend la parole :

— Il nous a vus, il va envoyer ses deux lièvres devant, pour couvrir une avancée de notre part, comme un triangle égal dont il serait la pointe arrière.

Elle s'empare de la plume, renverse un peu d'encre ce faisant, retourne une carte et reproduit le croquis qu'elle avait esquissé sur le sol :

— Le *Fortune* doit attaquer au centre, entre les deux protecteurs et faire mine de vouloir le prendre de front.

— Ils vont se resserrer, se moque un Alexander, toujours vexé.

— C'est le but. S'ils se resserrent, ils perdent leur avantage : ils ne vont pas risquer de se canarder les uns les autres. Ils devront changer de cap pour nous placer dans leur ligne de mire sans risquer de se couler eux-mêmes.

— Bien, ils seront séparés au bout du compte mais en attendant, explique Bellamy, on va se retrouver un long moment sous leur feu avant que ta stratégie ne fonctionne…

— C'est le risque, mais pendant qu'ils seront occupés à nous arroser de plomb, nos vaisseaux envelopperont le *Northumbria* par l'arrière-tribord. Il sera déventé et nous présentera son flanc.

— Et là encore, nous essuierons ses bordées, tente Sam.

— Et là encore, nous tiendrons. Les équipages de nos cotres, notamment, devraient passer sous son feu et l'aborder. Au corps à corps, l'artillerie n'y peut mais. Notre détermination vaudra tout le plomb anglais du monde. À nous de les rejoindre et de les croquer comme une bonne pomme bien mûre. Je propose d'attendre le lever du jour. En patientant, donnons-leur un peu de longe et de fausse assurance.

— Et puis on écrabouillera cette vermine ! conclut Alexander, enfin conquis.

Son hamac tangue soudain différemment et la réveille. Elle s'en extirpe et le replace au crochet. Une chaleur douce s'évade, elle enfile son gilet, et prend soin de bien caler son pistolet dans l'étui en brassière, acheté à Kingstown pour l'occasion, réajuste son foulard, se coiffe de son chapeau. Parée. Elle s'était endormie tout habillée pour ne rien rater du début des festivités. L'allure du bateau lui dit assez qu'elles sont proches. Sabre au clair, elle arrive sur le pont. Les vergues sont brassées pour remonter du mieux possible au vent. Bellamy lui-même tient la barre. Le *Fortune* paraît seul sur l'eau. Les autres suivent le plan. Bien. À moins d'une dizaine d'encablures[1], deux points grandissent à œil nu. Ils précèdent une tache plus petite, en leur centre. Le cap choisi passe entre eux deux. James observe leurs mouvements depuis les haubans. Il siffle puis tend les bras pour que le pilote puisse s'ajuster. Les canons sont

1. Une encablure représente entre 180 et 200 mètres.

à poste, leur course de recul débarrassée d'entraves. Le charpentier a calé de grands espars solidement arrimés sur le pont : si la mature est touchée, il gagnera du temps pour la rafistoler. Le maître voilier, reconnaissable à la protection en cuir entourant son pouce et sa paume qui ne quitte jamais sa main, jette un regard déjà nostalgique sur ses voiles bien-aimées, anticipant trous et déchirures d'ampleur à venir. Il se reprend et vérifie que son arme est chargée en poudre puis rentre déjà la tête dans les épaules pour laisser tout loisir aux boulets de lui passer au-dessus des cheveux. Le coq apparaît, armé de son tranchoir de boucher. Il vient glisser quelques mots au capitaine : il a éteint les feux de la cambuse, nettoyé son grand billot, amassé les charpies, il est prêt à amputer ceux qui devront l'être.

Black Sam hèle Anne. Elle se retourne vers lui. Il lui fait signe de le rejoindre. Le regard concentré, pattes d'oie froncées de concentration, il saisit une étoffe noire derrière lui et la lui offre. Il se rapproche pour lui parler en confidence :

— À vous l'honneur, *madame,* hissez nos couleurs. Nous ne voudrions pas que ces mauvais bougres là-bas nous confondent avec un navire de vauriens quelconques ou, pire, de Français.

L'un des capitaines anglais perd patience : il envoie une bordée bien trop tôt. Elle s'égare sur l'océan. Un boulet ricoche sur l'eau et vient heurter son *sistership*[1] avec un bruit mat mais sans dommage. Bellamy offre un clin d'œil à Anne : « Bien vu ! Ils se canardent. » Le deuxième bâtiment dévie de son cap autant qu'il le peut pour attaquer le *Fortune* en oblique et éviter de subir l'artillerie

1. Navire de même modèle.

de son propre camp. Le barreur en a trop demandé, le vent refuse. Les voiles faseillent et sont secouées maintenant de spasmes venteux. Anne fixe le capitaine avec toute l'intensité dont elle est capable, essayant de le convaincre par la force de sa pensée. Sam frissonne. Il lui semble faire face à un succube marin terrifiant. Elle pose un pied sur le plat-bord du navire, une main sur les haubans, sabre pointé vers l'ennemi. Tout son être se tend vers l'abordage qu'elle demande. Qu'elle exige ! Il hausse les épaules : voilà qui n'était pas planifié. Il cède, un sourire carnassier au visage. Le vent lui est favorable et l'autre est immobile. Il le prend de toute la rangée de ses sabords à courte distance. Anne compense le recul de son propre vaisseau, se rétablit. Leur artillerie a ravagé le pont de l'ennemi. Une volée d'éclisses a couché une dizaine de marins. Certains se relèvent, mal en point. Les deux navires sont bord à bord et se frottent. Leurs coques hurlent leur peine comme si deux grands chênes se percutaient, s'étrillaient et geignaient. Les grappins sont lancés, elle ne les attend pas et saute. Et s'étale de tout son long : elle a pris pied sur une mare de sang et a glissé. Elle se relève, rouge de la tête aux bottes. Un officier d'infanterie de marine, les yeux globuleux paniqués, tente de reconstruire ses maigres rangs, quatre fusiliers tout au plus, de les mettre en ligne et de les faire tirer sur son ordre. Anne se précipite et fauche une tête, tape une épaule dans un grand mouvement de lame. Le gradé tient son épée devant lui, tremblant. Ses soldats sont agenouillés en signe de reddition. Il jette sa rapière et plie les genoux à son tour. Un cri derrière elle. Le capitaine anglais se tient le ventre : une balle vient de le toucher dans l'abdomen. Quelques braves se battent encore. Anne s'en rapproche. Ils reculent, effrayés, jettent leurs armes. Le navire est à eux.

— Bande de lâches ! crie Anne, dépitée, dont le tranchant s'agite en manque de victimes.

— On ne se bat pas contre un sauvage de sang : tu leur fais trop peur. Tu ressembles à un démon sanguinolent, tu en es recouverte, vient la calmer James, lui-même assez chamboulé par l'apparence de sa femme.

Prestement et sans perdre son temps, Bellamy fait tonner les canons de son propre navire et de celui qu'il vient de capturer contre son premier opposant. Lequel décide de virer pour éviter la pluie de métal et porter secours au *Northumbria*.

Il regagne son bord et laisse sa prise à son second et à un équipage *ad hoc*, charge à eux de s'occuper du deuxième « lièvre ». Ses deux amis le suivent. Leurs confrères pirates, au loin, harcèlent déjà le gros bâtiment qui peine à les atteindre. Leur manœuvrabilité, leur vitesse et leur coque basse sur l'eau les protègent.

— Une attaque de guêpes sur une potée de fruits, commente James.

— Certes, mais leurs piqûres ne lui feront pas grand mal, réplique Bellamy. Pas tout de suite en tout cas. Les canons du *Fortune* le pourront. Hâtons-nous !

Enfin débarrassé de son encombrant adversaire, son bateau file au vent. Ils demandent aux servants de hausser la mire de leurs batteries. Une vergue, de guingois, a souffert de l'entremêlement entre les deux gréements. Peu importe, il a plus nécessité de force que de vitesse. L'inverse de son adversaire. Voilà qui lui susurre une idée. Il appelle le vieux Pounce, un quinquagénaire sautillant, accablé par des tics de visages sans repos, maître artificier. Il lui ordonne de charger les « chaînés » sur le tribord. Anne vient aider et descend dans l'entrepont pour remonter des boulets enchaînés.

— Des tueurs de mature, les bûcherons du gréement, lui confie le canonnier dans un clin d'œil amusé mais perturbé par la gigue de sa joue et ses rictus incontrôlés. Le seul très léger et insignifiant problème, ajoute-t-il, c'est que ces petites merveilles se tirent à bout portant ou presque, en trajectoire ascendante. On va avaler leur feu en plein dans notre gueule avant de pouvoir le leur rendre…

— Et on peut encaisser ? lui demande Anne, avide de tout apprendre

— Le *Fortune*, sans doute : il est en bon vieux chêne du Hampshire. Nous, c'est moins sûr : en plus du plomb, il va pleuvoir des échardes grosses comme ma cuisse. Et un navire sans bras pour le manœuvrer, c'est une épave pour les grands fonds ou un échouage pour les récifs.

Les autres bâtiments ont repéré Sam qui s'approche, ils se concentrent pour agacer l'Anglais sur son arrière, le rabattent tels des chiens de chasse vers son navire. La proie a compris le danger et décidé de charger en sanglier acculé. Son capitaine met toute la toile dessus et file droit sur Anne qui, de nouveau postée devant le beaupré, peut presque détailler sa figure de proue naïve, un Poséidon et son trident. Elle le rejoint au pied du grand mât.

— Il va virer au dernier moment pour nous présenter ses sabords tribords, lui explique-t-il. Classique, il va nous tirer en enfilade. Cela va nous paraître long. Trouve-toi un coin, prie ton Dieu et tous ceux auxquels tu peux penser. Si tu es encore valide après sa bordée, observe nos batteries, si leurs servants sont à terre, remplace-les. Surtout ces trois-là. Ce sont elles qui vont cracher nos chaînes.

Elle se réfugie au pied de la misaine. Étrangement, elle tourne le dos au bâtiment qui s'approche et s'assoit. Elle saisit son sabre, défait son ceinturon et entreprend de passer la lame sur son cuir, les épaules contre le mât. Elle ressent un choc de bélier entre ses omoplates. L'Anglais fait feu. Elle pourrait presque sentir son vaisseau être poussé de travers par des coups de poing de titan. Chaque impact résonne dans sa poitrine. Elle ouvre la bouche pour ne pas claquer des dents. Des arrachages de bois volent en tous sens. Un boulet, trop haut, franchit le pont sur sa largeur et part se noyer en mer. Une jambe, du genou au pied, vient s'échouer sur des cordages et quelques drisses tombées en tas. Elle remarque froidement que le propriétaire du membre devait être jeune vu les poils de cabri qui le piquent. Les cris de rage, de défi laissent place à ceux de souffrance. Un marin appelle une certaine Lizbeth à l'aide. Puis se tait. Le grondement s'accompagne d'une fumée irritante. Elle éternue, se mouche, remet son ceinturon et empoigne son pistolet. Elle se relève. Le pont est dévasté, comme si un dragon des légendes l'avait arpenté et labouré de ses griffes géantes. Les œuvres vives tiennent bon, ou peu s'en faut. Elle aperçoit Pounce. La manche de sa chemise déchirée laisse apparaître une belle estafilade, sans réelle gravité. Il pointe la batterie à côté de lui. Tous ses servants sont morts. L'un d'entre eux a été amputé au niveau du genou par un boulet. Un jeune homme. Aidée par un autre marin, Anne le pousse sans trop de ménagement et se tient prête à allumer la mèche. James, indemne si ce n'est un léger boitillement, se propose de régler la mire. Tous deux attendent les ordres de l'artificier. Il lève le bras. Puis l'abaisse. Elle boute le feu. Le bruit l'assourdit. Le recul la surprend. Dans un silence contraint et sifflant, elle peine à suivre son projectile. Le vieux canonnier fait des tours avec son index dans l'air pour inviter ses chers boulets à tournoyer. Il est entendu. Un grand craquement, le mât principal du *Northumbria* est touché au niveau de son grand hunier. Il se brise en deux entraînant avec lui ses espars, ses cordages et les hommes qui s'y trouvaient. Il s'est effondré sur le poste de barre. Le grand navire n'est plus manœuvré. Bellamy, la figure noire, l'éperonne de travers puis laisse venir les deux coques l'une contre l'autre. Elles se rangent tête-bêche. Anne se précipite avec les marins valides. Elle prend soin, cette fois, de faire attention à l'endroit où elle pose ses pieds. Le pont de l'ennemi n'est que fatras de chanvre et de bois. Son équipage s'est replié vers l'arrière, discipliné. Une première rangée de mousquets fait feu. Elle se réfugie derrière le tonneau de tafia qui étrangement, lui, n'a pas été dérangé par la chute du mât. Une brûlure sur son biceps gauche. Une égratignure. La balle l'a effleuré. Une autre en revanche a percé la barrique. Elle en profite pour tendre sa paume et laper le creux de la main. Une explosion. Pounce, décidément prompt à s'amuser avec la poudre, vient de lancer une grenade dans les rangs des fusiliers. Les pirates se lèvent et chargent. Anne remarque que le capitaine anglais se précipite en contrebas, vers sa cabine. Elle le suit. Il se retourne et fait feu, la rate de peu. Il prolonge sa course et entre plus encore dans les entrailles du navire, se baisse et pénètre dans une pièce sombre. Prudemment, elle s'approche. Il a saisi une pierre à feu et allumé une petite torche. Elle comprend : la sainte-barbe ! Elle distingue des tonnelets bien rangés derrière lui. Elle observe son regard brun, résolu. Ses cheveux auburn collés de sueur forment comme un casque sur un visage dur au grand front. Un filet de sang ruisselle sous son aine. Il lui sourit, déterminé, et lève la main qui tient son flambeau. Quelques pirates arrivent en courant derrière elle. Elle se retourne :

— Déguerpissez ! Et dites à Sam de déhaler et de s'éloigner au plus vite.

— Mais toi ? demande l'un d'entre eux.

— Moi, je vais deviser avec ce gentleman et voir si l'on peut trouver un terrain d'entente, ne serait-ce que pour arriver de concert apaisés au paradis. Foutez-moi le camp ! Maintenant !

Ils filent en se bousculant. Elle entend des ordres hurlés sur le pont. Elle s'assoit devant l'Anglais.

— Vous êtes blessé. Remettez votre âme à Dieu et votre torche à mes soins…

— Vous allez mourir avec moi, répond-il sans trembler avec un fort accent du sud de l'Angleterre.

— Certes, cela en prend le chemin. Confiez-moi votre prénom que je sache au moins avec qui je devrais l'emprunter…

— Richard. Richard Henry.

— Enchantée…

Elle ôte son veston qu'elle pose délicatement à plat devant elle, son chapeau et son foulard. Elle place ses armes sur le côté et dégrafe sa chemise :

— Anne, ravie de faire votre connaissance, Richard…

— Une femme ! Mais…

— Voilà. Vous savez. Vous détenez mon secret, monsieur. Gardez-le tant que nous sommes en vie.

— Je vous tuerai quand même, diablesse, femelle ou pas !

— Pourquoi ?

— Parce que vous êtes des pirates, des raclures de lieux d'aisance, des…

— Tout cela, oui et plus encore... Des dépravés, certes mais des êtres humains, non ? Que nous enseigne la *Bible* ?

— Vous ne m'aurez pas avec cela...

Il grimace, ses traits pâles s'étirent. Sa main gauche passe sur son flanc et en revient rougie. Il tente de raffermir sa prise sur le manche de son brandon.

— Une dernière danse ? lui demande-t-elle, surprenante.

— Je ne saisis point...

— C'est que, voyez-vous, je suis née en Irlande. Là-bas, on danse aux naissances, aux obsèques, aux mariages... En vérité, nous dansons pour tout et pour rien. En plus de nous saouler pour la même absence de raison et à cause d'elle. Bref. Voulez-vous danser ?

Elle se lève, la tête basse pour ne point heurter le barreau et esquisse quelques pas en chantonnant un air entraînant. Son pied s'entortille dans le veston de James. Elle détend la jambe. Le vêtement atteint la figure du capitaine. Elle se baisse, ramasse son couteau, le plante d'une main dans la gorge de l'Anglais et de l'autre maintient la flamme en hauteur et la lui arrache.

Le commandant est affaissé sur lui-même désormais, une large coulée rouge autour de lui. Elle le tire dans la coursive et l'abandonne là. Elle se rend dans sa cabine, proprette et rangée dont le seul agrément semble être de belles tentures accrochées aux murs. Le coffre de paye, soigneusement marqué du sceau des commissaires au Trésor, cerclé de fer, repose, bien calé, sous la table de travail. Elle hésite, fait trois pas vers lui, renonce en réajustant ses vêtements d'homme. Elle lui envoie un baiser d'adieu et, résolument, enflamme les tapisseries puis court sur le pont. Une chaloupe menée par James patiente à une encablure. Elle lui fait signe d'approcher, grimpe à son bord quand les flammes commencent à apparaître.

— Hâte-toi, lui dit-elle. Ça va exploser…

— Et notre récompense, les salaires ?

— Je n'ai pas pu les trouver avant que cela flambe.

Il se retient pour ne pas insulter le sort et sa propre femme. Elle lui pose une main sur le bras :

— C'est l'aventure, James, qui enrichit le cœur. L'avidité, elle, appauvrit l'âme.

— Et maintenant ? lui demande-t-il.

— Il faudra réparer, j'imagine. Et Bellamy voudra être discret. Quoi de mieux que Providence ?

Nassau, île de Providence

La liberté ne peut être bornée que par elle-même

Anne vagabonde le nez en l'air, insouciante. Après une première nuit très inconfortable, passée sous la simple coque d'une vieille chaloupe retournée sur la plage, elle a intimé l'ordre à James de leur trouver une chambre digne de ce nom, meublée d'un lit dépourvu de puces, qu'elles soient des sables ou d'ailleurs. Il avait accepté sa mission avec grâce, joie et empressement, encore épuisé d'un sommeil haché et peu réconfortant. Il s'était éloigné en se grattant le derrière, furieusement et fort peu élégamment.

Elle décide de s'égarer dans un nœud de ruelles terreuses encombrées d'objets plus hétéroclites les uns que les autres. Elle longe des rangées de maisons, dont on devine fort bien qu'elles étaient cabanes il y a peu, aux planches peintes de façon aléatoire de couleurs vives et multiples. Comme sur les rivages d'Irlande, on badigeonne ici sa demeure ou son commerce avec ce qu'il reste des peintures pour les navires. Elle se surprend à croiser certaines femmes en tenues élégantes quoique froissées et dépareillées, imagine qu'elles viennent « d'emprunts » à quelques bâtiments capturés… Les locaux vaquent à leurs affaires, rien de différent que dans n'importe quelle bourgade perdue des îles. Elle comprend que les pirates se contentent d'occuper essentiellement la côte, pas loin de leurs vaisseaux, et se soucient peu de ce qu'il se passe en « ville » ou ailleurs. Comme pour la contredire, un vieil estropié – sa jambe gauche lui manque –, un homme de fortune déchu, les cornées voilées de blanc sans doute par le soleil, tend la main pour aumône. Elle fouille dans la poche de son veston et lui accorde un pauvre shilling. Il la remercie :

— Merci, madame, Dieu vous le rendra. Moi, j'en serais bien incapable.

— Comment sais-tu ce que je suis, l'aveugle ? Je suis habillé en homme, souffle-t-elle, surprise, sans déguiser sa voix.

— Votre odeur. Je ne distingue plus que la lumière et l'obscurité, c'est vrai, mais je me souviens encore et pour toujours du délicieux et très particulier parfum d'une dame.

Il la renifle ostensiblement, plisse le nez et ricane :

— Même quand elle aurait bien besoin d'un brin de toilette…

Anne avoue qu'un bain lui ferait le plus grand bien. Elle lui demande s'il a connaissance de l'endroit idoine.

— C'est une denrée rare dans ces contrées, mais vous devriez trouver au *Goldfinch*[1]…

— Le *Goldfinch* ? C'est le nom de l'établissement ?

— Et de sa propriétaire…

Grâce aux indications de l'infirme, elle découvre vite une grande bâtisse de deux étages, la plus haute du petit pâté de maisons, l'une des seules à pouvoir s'enorgueillir de posséder une vraie porte. Laquelle ne peut se manquer : elle est recouverte d'une fresque

1. « Chardonneret ».

représentant un chardonneret, tête rouge, bord des ailes jaunes, curieusement doté d'une gorge avantageuse et volumineuse, de pattes figurant des cuisses féminines et surplombée, en français, de l'inscription *Salon de beauté*.

Anne pénètre dans l'établissement. La pénombre suivant la luminosité de la rue la prive d'en distinguer d'abord les détails. Elle est saisie par une forte odeur de musc, de fard et de relents de copulation. De lourds rideaux cramoisis pendent à chaque fenêtre. Elle distingue un petit comptoir sur sa droite, à l'entrée. Un autre, plus imposant, trône au fond d'une grande pièce encombrée de banquettes, de tables basses du style du siècle précédent. Quelques chaises à la tapisserie avachie et rosâtre achèvent de donner au lieu son caractère suranné et déplacé sur cette île. Une femme, vêtue d'un simple corset et d'une robe de chambre, les yeux au noir envahissant, comme si elle les avait frottés au charbon, la bouche aux coins étirés vers le bas, les traits secs et marqués, lui explique en parlant trop fort que le *Goldfinch* est fermé et qu'il doit « déguerpir au plus vite avant que *madame* ne descende elle-même » le mettre dehors.

Anne prend la mouche et réplique avec sa voix de femme :

— Cessez d'aboyer, je vous prie, ou je vous brise les crocs à coups de bottes. Je suis venue prendre un bain, pas batifoler dans votre boudoir pour marins en manque d'affection. Et j'attends *madame* de pied ferme. Pour patienter, servez-moi un verre de ce que vous voulez pourvu que cela me fasse oublier l'odeur de ce bouge.

Estomaquée, son interlocutrice recule, baisse les épaules, s'avoue vaincue et se dirige vers les flacons d'alcool.

Anne patiente, son gobelet de rhum en main, surprise de la bonne facture de la liqueur. Le plancher du lieu est régulièrement sablé et frotté, un autre bon point. Elle remonte le regard jusqu'à un escalier sobre, solide, qui débouche sur un gigantesque miroir au palier. « Le comble du vice est de réfléchir », sourit-elle pour elle-même.

Une femme entreprend de descendre les marches, empêtrée dans une multitude de tissus jaunes formant presque une corolle de sa taille jusqu'à ses chevilles. L'élégant corsage blanc qu'elle porte est rehaussé par un étrange tâtez-y[1] : une opale bleue sertie de perles sur un cadre doré en forme de tête de mort. Sa coiffure, simple, parvient à faire onduler des cheveux blancs raides à l'origine. Son visage plein et lisse comme sa bouche bien dessinée laissent deviner la fort belle jeune femme qu'elle était et admirer la dame plus mûre qu'elle est devenue.

— *Bonne journée à vous,* lance-t-elle à Anne dans un français très évidemment natif.

— *Et à vous de même,* lui répond-elle, se rappelant ses leçons, intriguée, sans cacher son genre.

La maîtresse de maison s'incline avec un petit sourire en coin charmant et reprend dans un anglais tout à la fois chantant et rocailleux à l'accent français très prononcé :

— Mais voyez donc qui nous arrive, s'exclame-t-elle. Une femme pirate déguisée en homme, d'excellente éducation avec cela puisque vous parlez ma langue, un signe d'intelligence…

Elle tourne autour d'elle comme un maquignon jaugerait un cheval.

1. Bijou placé bien en vue sur le haut du corps.

— On pourrait sans doute faire quelque chose de vous dans cette belle demeure, *mademoiselle*. Bien sûr, il faudrait oublier ses oripeaux masculins qui ne rendent pas hommage à vos hanches, redresser un peu ces seins sans doute et améliorer votre démarche, cela va de soi. Et avant tout récurer à l'étrille et au savon ces résidus que je ne saurais nommer qui traînent un peu partout au-dessus de votre crasse.

Anne se laisse conduire par la main vers l'un des sièges à bras[1] matelassé de velours rouge. Elle parvient enfin à s'expliquer : on lui a confié que l'établissement disposait d'une baignoire. Étrille ou pas, elle souhaiterait en avoir l'usage. Et non, elle ne se sent point l'âme ni le physique d'une dame de bonne compagnie étant d'ailleurs réputée pour être tout l'inverse.

Leur conversation est interrompue par un saoulard qui entre en beuglant. Il exhibe une demi-guinée et hurle qu'il veut voir une certaine Susan sur-le-champ. Pour donner de l'importance à sa requête, il agite son pistolet en tous sens.

— *Je vous prie de m'excuser*, dit Anne à la mère maquerelle avant de se lever.

Elle marche vers l'indélicat. Arrivée à sa hauteur, elle murmure en gaélique en prenant soin de laisser clairs quelques mots en bon anglais. Il tente de comprendre le galimatias, penche la tête pour mieux entendre et reçoit un poing dans la mâchoire qui l'envoie à terre, son or et son arme éparpillés. Anne lui adresse un premier coup de pied dans les côtes qui le fait rouler non loin de l'entrée. Elle réitère. Il s'accroche au linteau. Elle ouvre l'huis en grand, ramasse l'ivrogne qui regimbe,

1. Canapé du XVIIe siècle.

une main sur la gorge, l'autre fermée sur l'entrejambe, et le bascule dans la rue.

— Le pistolet et la pièce sont à moi, explique-t-elle, le premier te tuera si tu approches encore de cet endroit, la seconde me paiera le bain que tu devrais également prendre l'un de ces jours.

Elle revient s'asseoir sans autre façon.

— Goldfinch, se présente simplement son hôtesse en lui tendant la main.

— Anne, répond-elle. Ou Adam. C'est selon. Vous avez un vrai prénom ?

— Margaux mais il paraît être résidu de vomi prononcé par une bouche anglaise. J'ai dû choisir – comment dire ? – *un nom de guerre.*

Anne profite d'une eau tiède, extatique, dans une baignoire en cuivre aux pieds de lions. « Mais quel génial dément a eu l'idée saugrenue de l'importer jusqu'à Providence ? » s'interroge-t-elle. On frappe à la porte. Son hôtesse entre, un savon à la main.

Son invitée la remercie et lui demande si elle a connaissance d'un logement vacant pas trop dispendieux mais doté « d'un confort de terriens » pour elle et son mari.

— Nous disposons bien du Nid, ici… C'est une chambre à part, avec même une petite terrasse, la seule à bénéficier d'un escalier indépendant sur l'extérieur. Mais je la garde pour… Un certain genre de clientèle.

Anne hausse les sourcils et l'invite d'un coup de menton à poursuivre. Elle s'exécute :

— Il est des hommes qui préfèrent la compagnie d'autres mâles. C'est du gâchis si vous voulez mon avis mais *c'est la vie.* Et je ne suis pas tout à fait un modèle de vertu donc je ne juge pas. Par souci de discrétion cependant, nous leur mettons à disposition ce service. Voilà le pourquoi de l'existence du Nid.

— Mais si je suis Adam vivant avec James, votre fameux Nid conserve sa destination, n'est-ce pas ?

— Certes. Reste le loyer. Il va être élevé pour une occupation permanente. Sans oublier que je vais devoir trouver une autre pièce pour les mignons…

— Combien ? s'agace Anne, peu encline à négocier vautrée nue dans une baignoire.

— Cela ne dépend que de vous… Il se peut cependant que nous puissions nous entendre.

Impressionnée par la vigueur et l'esprit de décision avec lesquels Anne a pris soin de l'intrus de tout à l'heure, elle lui propose de garder son *palais* des indésirables. Une amazone en vigile correspond par ailleurs tout à fait à l'esprit de son négoce. Son commerce et la société pirate, précise-t-elle font bon ménage mais ils attirent naturellement un certain nombre de heurts malvenus. Voire d'épouvantables bagarres.

— Pas plus tard qu'hier, s'anime-t-elle, l'une de mes protégées a reçu un coup de couteau dans l'épaule. Il ne lui était pas destiné, naturellement, mais elle est sur le flanc pour trois jours. (Elle soupire.) Cela entraîne donc une perte de revenus et toutes les cicatrices ne sont pas *charmantes*…

— Et elles mettent en danger la santé d'une jeune femme, vous y songez ?

— Cela aussi. Certes. *Les risques du métier*, voyez-vous…

— J'apporterai nos affaires en fin d'après-midi, se résout Anne.

Margaux ayant décrété que ses habits ne méritaient que le bûcher, elle porte désormais une chemise, un veston et une culotte extirpés d'une malle dans laquelle la Française garde les vêtements oubliés au *Goldfinch*. Elle descend un passage étroit, sent le vent, un air salin qu'elle perçoit comme de bon augure. Elle se fige un moment pour en profiter, puis débouche sur une placette, un peu en hauteur, qui domine la rive est de Nassau. En face d'elle, une île oblongue obstrue la baie. Sur sa gauche, un vieux fort, probablement d'origine espagnole, domine des plages encombrées de tentes bricolées, de baraques en bois et de coques à l'échouage. Des fumées épicées au fort relent de poils de chèvre et de cochons grillés passent en légers nuages. Une odeur persistante vient déranger ce bel ensemble : un bâtiment sur le flanc est calfaté avec force goudron puant[1]. Sur l'eau, les navires se balancent sous la houle douce. Elle repère le *Fortune* et son activité de fourmilière sur le pont : les réparations vont bon train. Bellamy devrait retrouver sa chère Maria sur les côtes américaines incessamment. Elle rejoint le bateau et y patiente pour James. Il ne tarde pas à arriver, saoul comme un chauffe-vin, effondré dans la chaloupe d'un vieil ami.

— La Jatte ! lui lance-t-elle depuis le franc-bord, étrangement heureuse de voir le gros Hollandais, son inévitable cruchon sous le bras.

Il lève des yeux un brin vitreux, la reconnaît et sourit de toutes ses dents gâchées.

— Lady Cormac… Je veux dire Anne… Euh… Adam ?

Elle acquiesce : il a enfin trouvé le bon patronyme. Il se rengorge avant de lui répondre :

---

1. Pour garantir l'étanchéité des coques, on insérait des fibres de vieux cordages effilochés entre les bordées puis on recouvrait le tout de goudron.

— J'ai trouvé James au *Jolly*, une taverne des environs. En souvenir de notre vieille amitié, je me suis permis de le ramener à son bord… Et de lui emprunter une petite pièce pour le passage…

Ils peinent à remonter son mari, quasiment inconscient et l'abandonnent sur le pont. Anne va chercher son coffre et redescend dans l'embarcation du caboteur pour qu'il la ramène à terre.

Elle ne peut s'exempter de demander des nouvelles de Savannah. Le Batave, qui a quitté cette côte américaine au profit de ces îles voilà plusieurs mois, ne peut la renseigner outre mesure. Si ce n'est, précise-t-il, que la « ville » se développe et qu'un certain Robert Fraser occupe présentement la fonction officieuse de bourgmestre. Elle sourit à l'idée de « son » Robert, timide et asocial, empêtré dans les affaires de la vie quotidienne des pêcheurs ou des éleveurs locaux… Il n'a rien à dire ni de Hatayé ni de Sika. Si ce n'est que les relations avec les Creeks se tendent avec l'afflux d'habitants dans la région.

— Les Indiens, ajoute-t-il, imaginent la terre comme nous, marins, pensons la mer : sans propriété, sans piquets de cadastre. Les colons, eux, reproduisent ce qu'ils ont connu chez eux et plantent autant de barrières qu'ils le peuvent. Et les premiers n'ont pas les pirates pour rappeler aux seconds de bien se tenir.

— La liberté ne peut être bornée que par elle-même, pense Anne à voix haute, ce qui laisse son interlocuteur fort pensif.

— Bref, conclut-il, les choses empirent entre natifs et nouveaux arrivants.

Quant aux esclaves, une nouvelle loi venue de Virginie a renforcé le pouvoir de leurs maîtres, lesquels en abusent. « Bon courage, songe-t-elle, pas réellement convaincue, à celui qui voudra mettre des chaînes à Sika. » Elle s'évade en rêve éveillé et imagine ses deux amis entourés d'une nombreuse marmaille. Elle sourit.

Margaux avait dû céder pas à pas. Elle avait d'abord insisté pour qu'Anne, dans ses nouvelles fonctions, ne s'habille point en homme. Refus. Puis elle avait tenté de lui faire porter une culotte et un gilet couleur or pour que se dégage de sa personne un *certain chic*. Rejet. Elle avait enfin supplié pour, qu'à tout le moins, elle se passe de son atroce foulard et de « sa voilure d'ombrelle miteuse » qui lui servait de couvre-chef. Fin de non-recevoir et regard assassin. Elle avait capitulé et s'était résolue à ce que ce soit Adam et non point Anne qui surveille ses ouailles et leurs clients. James avait dû lui aussi en rabattre : un peu trop ostensiblement ravi de loger dans ce genre d'établissement, il avait dû promettre sous peine d'être éviscéré, écorché, roué, écartelé, puis brûlé, de se contenter de leur Nid. « La volaille locale, l'avait prévenu Anne, sait déjà que tu es hors d'atteinte. Et crois-moi, elles ont bien saisi. » Il l'avait crue sans le moindre doute.

La soirée s'étire sans heurts. Elle avait eu cependant la surprise de voir arriver Alexander, un simple gilet sur son torse nu et musclé. Il l'avait surprise en la soulevant de terre, apparemment ravi de la retrouver, et en lui claquant deux bises. « À la française ! », avait-il déclaré, déjà éméché.

Anne observe la parade répétitive de ces dames sur l'escalier, mal à l'aise, sans savoir si son embarras provient d'un reste d'éducation catholique pudibonde ou d'une empathie sincère vis-à-vis d'elles et de leur occupation. Une conversation s'anime près du grand comptoir. Elle s'approche. Un homme, jeune mais les épaules déjà voûtées, des mèches grises sur les tempes, réclame un rhum de plus. Un ami à ses côtés et la revêche, celle qui avait accueilli Anne la veille, s'échinent à lui expliquer qu'il en a, *stricto sensu*, eu tout son saoul. Il regimbe, fouille dans une bourse bien garnie, lâche une poignée de pièces et insiste. Il tend son verre, perd l'équilibre et est rattrapé par son compagnon qui passe un bras sous lui et l'accompagne vers la sortie. Anne approuve d'un signe de tête et salue le bon samaritain.

Elle reprend son poste, ouvre la porte et décide de profiter d'un air exempt de l'odeur très nette d'hormones en fusion sous l'action combinée de l'alcool, d'une libido tarifée et d'une mâle assurance.

Un cliquetis, reconnaissable entre tous. Deux fers se croisent. Un autre plus rapide et répété. Trois ou quatre lames. Elle court, passe sous les marches qui mènent à sa chambre et déboule sur une ruelle éclairée par la lune. L'ivrogne aisé gît à terre, une méchante coupure sur le torse. Sa bourse repose dans le sable à quelques pouces, bientôt atteinte par une flaque de sang qui s'étend. Son compagnon serviable fait face à quatre adversaires, sabres d'abordage en main. Il les repousse avec savoir-faire, mêlant détermination et prudence. « Un maître escrimeur », admire Anne. Elle franchit la ronde des assaillants en tranchant le tendon de l'arrière du genou d'un imprudent qui ne l'a point entendue arriver dans son dos. Pour faire bonne mesure, d'un seul pas, elle lui offre un violent coup de pied dans la face. « Dos à dos », lui crie l'homme seul. Ils tournent désormais telles des aiguilles de pendule, parant sans trop de mal les attaques des agresseurs. « Cela suffit », décrète Anne qui prend sur elle d'attaquer les deux plus proches d'elle. Le premier lâche son arme quand elle entaille le bras qui la tenait. Il déguerpit. Le second se défend mieux. Très souple sur ses cuisses, il procède par de courts assauts rapides et violents, félins. Lassée, Anne fait mine de baisser son sabre, comme si son bras fatiguait. Il se méprend et s'élance pour s'empaler sur la pointe soudain remontée dans son sternum. Elle fait volte-face pour aider encore son coduelliste. Et le découvre assis dans la poussière, spectateur intéressé et amusé de son combat, un sourire franc sur la figure, débarrassé de son adversaire, la gorge tranchée.

— Tu l'as fini depuis longtemps ? lui demande Anne, un brin essoufflée.

— Quelques minutes avant toi, ce qui m'a permis de profiter de ta « discussion » avec cette espèce de chat sauvage. Pas commode de s'en défaire. Bien joué…

Anne le regarde et lui tend la main :

— Adam, se présente-t-elle.

— Willy…

Les deux s'observent mutuellement sans s'en cacher. Ils se rapprochent à se toucher, en miroir, et s'embarquent dans un fou rire contagieux. Anne reprend ses esprits et lui offre sa paume derechef comme pour se présenter à nouveau :

— Anne, Anne Bonny.

— Mary, Mary Read.

Nassau, île de Providence

Deux femmes sur le même vaisseau
conçu par des hommes,
pour des hommes. Deux anomalies.

Anne et Mary se retrouvent, à leur habitude désormais, au sommet de la forteresse. Elles y ont pris leurs quartiers et aménagé l'endroit pour s'y sentir au mieux. Une vieille voile sur piquets pour l'ombrage, une planche sur quatre tonnelets en guise de table, des tabourets récupérés auprès de Margaux, et deux ou trois quartauts d'un rhum vieilli très agréable dont Mary se refuse obstinément à révéler l'origine : « Il est des trouvailles qui n'appartiennent qu'à leur inventeur », prétend-elle. Une très ancienne marmite en fonte au fond percé, récupérée sur la plage, fait office de brasero, bûches à terre, flammes penchées sous le vent dominant.

Pour les atteindre, il faut risquer de se rompre les os sur des marches grises, glissantes, effritables, mangées par le sel et les algues, passer la pièce de la canonnerie, fraîche, toujours en fonction, éviter les trous béants de l'endroit et les éboulements, puis se rendre sur la pointe nord du bâtiment.

Leur « dunette arrière », comme elles la nomment, a été vite connue de tous. Certains assoiffés ou de simples curieux avaient bien tenté une visite. Ils en étaient redescendus très vite sous la menace de deux sabres dégainés avec une remarquable coordination. Anne avait même tiré un coup de feu sur un inconvenant qui insistait. Lequel devait encore boiter bas. Elle avait visé les orteils du pied droit. Il avait bougé. Son mollet avait saigné.

Alors qu'Anne préférait rester discrète, Mary parlait sans cesse, avec un certain talent de conteuse. La première comprenait d'instinct quand il fallait entendre et le moment où elle devait écouter. La seconde, à peine leur amitié entamée, avait tenu à lui raconter sa propre histoire avec moult détails.

Sa mère avait au préalable eu un garçon de son mari, un marin disparu en mer. Le pauvre bébé, William, n'avait pas survécu. Accueillie chez un « ami », elle avait donné naissance à une petite fille. À court d'argent, elle s'était rendue chez son ancienne belle-mère, prétendant que Mary était l'enfant de son fils… et qu'il s'appelait Willy. Elle avait alors profité des subsides de la vieille dame pendant quelques années, en prenant soin d'habiller et d'éduquer sa petite fille tel un garçon. Mary-Willy éprouva la peine de perdre grand-mère et mère la même année. Elle avait treize ans et s'était engagée dans l'armée, dans le régiment des dragons, sous le nom de Willy Read.

Quelques années plus tard, lors de la campagne des Flandres, elle rencontre un certain Flemming, tombe éperdument amoureuse, en fait son meilleur ami puis lui révèle sa vraie identité. Ils se marièrent et achetèrent une auberge à Breda, *The Three Horseshoes*, dans le Brabant des Provinces-Unies. Sans doute miné par le climat venteux, humide et froid de l'endroit, son époux meurt de maladie peu de temps après. La guerre, qui fournit à la veuve l'essentiel de ses clients, prend fin.

La faillite menace et l'ennui rôde. Elle vend son établissement et décide d'aller investir dans les Indes occidentales. Son navire est intercepté par des pirates. Elle se transforme de nouveau en Willy et en combattant puisqu'elle s'enrôle auprès d'eux. Elle est séduite par un beau gabier et répète la tactique adoptée pour Flemming, passe d'ami travesti à amante assumée. C'est ainsi qu'elle débarque à Providence et y vit depuis, malgré la fin de sa relation avec le marin.

« Et voici deux femmes aux chemins différents mais embarquées par la force de la vie sur le même vaisseau qui a été conçu par des hommes, pour des hommes. Deux anomalies », s'était contentée de commenter Anne en pensant à sa mère, à sa grandeur d'âme, sa compréhension, puis en se jurant de se méfier du cœur d'artichaut de sa nouvelle amie.

Anne, rêveuse, se penche par-delà le parapet du vieux fort. Un manque la tenaille, une gêne, comme un vide dans l'estomac, presque un vertige. Un marlin, au large, se déploie hors de l'eau dans une gerbe irisée arc-en-ciel. Elle soupire et le remercie. Elle doit prendre la mer. L'océan lui manque. La routine la boucane à petit feu. Et James… James est resté James, boit trop souvent et plus que de raison, s'invite à des embarquements qu'il ne respecte pas, navigue parfois avec des demi-sels sans jamais se battre, ni contre les autres ni contre lui-même. Il ne rapporte aucune prise ou si peu. « Les îles, songe-t-elle, si vous n'y prenez garde, vous enferment plus sûrement que la Tour de Londres. Elles appuient comme un poids sur votre âme profonde, en son centre. Si celui-ci se fendille, l'effet est démultiplié par tous les palans du vice : paresse, ivrognerie, indolence… Elle implose. L'humanité avec. Et pour s'y sentir mieux, l'on se ment. Jusqu'à se noyer, de verbe et d'alcool. »

Son mari prenait cette voie. Elle devait leur dénicher une vraie course, une chasse de pirate, jouer au colin-maillard avec la mort. Retrouver une raison de vivre.

Anne met à terre le velum de leur perchoir : le vent forcit, la mer se grise et les ombres au loin annoncent une pluie en rideau de tempête, ourlet crème déchiré. Mary débarque et la hèle à distance, prudente et redoutant un plomb perdu par son irascible amie. Elle est accompagnée par un jeune homme, bien fait de sa personne, avant-bras puissants, mains épaisses et caleuses, les yeux chevillés sur sa belle. Anne craint un instant qu'il ne bave puis sourit, triste à l'idée qu'elle donnerait tous ses biens pour que son mari lui accorde à nouveau ce regard de chien devant la gamelle. Matthews, une fois présenté, vient lui serrer la main. Trop fort, maladroitement : l'énamouré est impressionné par la réputation naissante d'Anne et sa façon efficace de traiter les indésirables au *Goldfinch*. On raconte qu'elle s'est sans hésiter recouverte du sang des ennemis qu'elle a tués lors d'un abordage pour en massacrer plus encore… Certains prétendent qu'elle est une créature mi-femme, mi-homme, fille d'un marin de l'équipage du Hollandais Volant et d'une sirène, avec la force du premier et la duplicité de la seconde.

Pour une fois, Mary en vient directement à l'essentiel : son soupirant est charpentier sur le *Royal Queen*, un navire commandé par le capitaine Hudson. Ils patientent à Providence, le temps d'avitailler et de réparer, mais viennent de faire escale sur l'île de Cuba. Son capitaine y a passé un marché avec les douaniers et militaires espagnols du lieu, sur la caye de Fragoso, et s'est engagé, moyennant une prime tout à fait conséquente, à convoyer pour eux l'or de contrebande qu'ils ont réussi à voler aux mines locales, faibles en rendement et presque méprisées par les autorités locales donc vulnérables. Le mauvais temps et une fissure dans le mât d'artimon les ont contraints à faire route opposée, vers Nassau et sa renommée « discrétion quant aux affaires en marge de la légalité ». Ils embarquent deux ou trois jours plus tard pour Tobago et le lagon de Bon Accord. De là, le trésor sera embarqué pour l'Espagne par un moyen dont il ignore tout.

— C'est bel et bien tout cela, explique Anne. Je saisis tout l'intérêt de s'approprier ce petit trésor. Mais que proposez-vous ? Un vol ici même ? Ce serait rompre l'accord tacite de neutralité et la protection que notre société accorde aux navires qui y mouillent.

— Non, répond Mary, l'idée, c'est bien sûr de l'intercepter en mer…

— À la nage ? Nous ne disposons pas encore de notre propre bâtiment et je doute par ailleurs que ce jour n'arrive jamais…

— C'est pourquoi, ce soir, nous allons nous saouler au *Jolly*, sur ma bourse. J'ai quelqu'un à te présenter…

— Et serons-nous Anne et Mary ou Adam et Willy ?

— Définitivement Adam et Willy !

Anne hoche la tête et abandonne aux amoureux la vue magnifique et effrayante du gros temps, implacable, qui se dirige droit sur eux.

James a promis de la rejoindre, il doit d'abord, prétend-il, « paver la voie à une affaire très lucrative qui devrait se conclure très vite ». Soulagée de son absence sans vouloir tout à fait l'admettre, Anne, habillée en homme, avise un tonneau goudronné noir sur lequel une main sûre a peint en blanc le nom de l'estaminet : le *Jolly*. Elle monte lestement les trois marches qui la séparent de l'entrée, sans porte, de l'établissement.

Les très nombreuses chandelles assurent une lumière vacillante mais suffisante. Devant elle, une banquette où patiente, lascive, une damoiselle aux charmes aussi plaisants que dévoilés. Un autre joli minois descend en sautillant les escaliers, suivi par un homme épuisé, au teint gris. Au fond de la grande salle, quatre tonneaux lourds supportent une rangée de planches sur lesquelles sont exposés plus de flacons et de bouteilles qu'elle n'en avait jamais vu. Un géant noir, torse nu, veston vert ouvragé, les muscles comme des torons[1] de halage, veille sur le tout avec un sourire bienveillant mais un regard de tueur. Elle l'observe, note une marque de maître sur son épaule, une cicatrice au fer rouge, la lettre *P*, lui semble-t-elle. « Un ancien esclave », se dit-elle. Il la salue courtoisement et lui adresse un coup de menton vers une table où elle aperçoit Willy et Matthews. Une main sur son rabat pour le remercier, elle se dirige vers ses amis. Elle est interrompue par un nouveau mouvement de tête du colosse. Elle le rejoint. Sans rien dire, il lui tend un cruchon de rhum. Elle le remercie.

— Je vous en prie, lui répond-il sobrement avec une voix si grave qu'elle croirait entendre gronder le tonnerre. C'est mon spécial. Je crois savoir que vous avez un penchant pour le vieilli en fût. Il devrait vous plaire…

— Comment pouvez-vous… ?

— Je sais. Je sais beaucoup de choses, monsieur Adam Cormac…

Elle le regarde plus durement, incommodée par la combinaison de son faux prénom et de son vrai patronyme.

— Ami ou ennemi ? se contente-t-elle de demander.

1. Fils tressés entre eux pour faire un câble.

— Trop tôt pour le savoir mais je suis présentement curieux et respectueux… Et ravi de vous rencontrer. On m'appelle Abe, ici. Et je vous souhaite la bienvenue dans mon modeste lieu de conversations et de débauches. Je vous demanderai cependant d'y modérer votre tempérament. On ne se bat pas chez moi. La rue ou les plages sont faites pour cela.

Il appuie ses propos en extirpant, d'un geste léger, des dessous de son comptoir, un gourdin qu'elle aurait eu grand-peine à soulever à deux mains. Elle s'incline et rejoint enfin ses compagnons.

— Tu as fait la rencontre d'Abe, constate, hilare, Mary.

— Je l'aime bien, se contente de répondre son amie.

Matthews doit se soumettre au feu roulant des questions des deux femmes : combien de canons sur le *Royal Queen*, quel équipage, faiblesses structurelles, précisions sur le capitaine et ses qualités d'homme et de marin…

Ses réponses précises esquissent un beau vaisseau quoique mal à l'aise dans le gros temps, armé de douze bouches, bien mené par des marins expérimentés en petit contingent.

— Quant au capitaine, avoue-t-il, il souffre d'une maladie assez commune : le manque de reconnaissance, la soif de gloire et la crainte de tout perdre s'il va la quérir avec trop d'entrain.

— Un pleutre, résume Mary.

— Un indécis, préfère Anne.

— Un homme à femmes aussi, précise Matthews. Non pas que j'en aie été le témoin, mais quand il ne parle pas de son bateau, il jacasse sur ses aventures avec le beau sexe. C'est par ailleurs un client fidèle du *Goldfinch*…

Anne songe qu'elle a dû le voir passer, peine pourtant à mettre un visage sur le nom ou la description qui lui en est faite. Margaux devrait pouvoir l'aider. Elle se connaît : une idée stupide et risquée entame son chemin dans son cerveau compliqué. Elle sait qu'elle doit lâcher prise : en temps voulu, le plan prendra forme. Pour peu qu'ils se trouvent une embarcation. Sans cela, toutes les manœuvres du monde ne seront que vues de l'esprit. Elle se lève pour s'en aller quérir un ravitaillement d'alcool. Le colosse avait raison, son breuvage est particulièrement gouleyant. Elle le trouve en grande discussion avec un homme blond-roux, armé d'une fort jolie dague au côté, deux doigts manquant sur sa main droite. Elle le salue et tend sa cruche. Vite remplie. Elle jurerait avoir entendu l'estropié déclamer du Shakespeare et *Othello* : « Gémir sur un malheur passé, c'est le plus sûr moyen d'en attirer un autre. » Elle a dû mal comprendre : les remugles de la liqueur la font remonter loin dans sa mémoire et les classiques assénés sans relâche par son répétiteur reviennent à la surface. Elle en sourit, devient distraite et tamponne un client qu'elle inonde copieusement de rhum.

Contrite, elle fournit un bel effort pour conserver sa voix d'homme et s'excuser, sincère, mais ne peut que constater les dégâts : les habits de sa victime, des calicots[1] orangés et jaunes, rehaussés de soieries, absorbent l'alcool en éponge de mer. Le visage de l'arrosé, très mat, vire au cramoisi. Les ailes de son nez fin s'agitent à hauteur de son indignation. Ses yeux noirs, comme ses cheveux, couvent un feu aux boulets incandescents. Sa boucle d'oreille en or, légère mais précieuse, se balance en métronome de son outrage.

1. Toile de coton épaisse.

— Toi, mon gaillard, dit-il d'une voix métallique, tu viens de commettre une belle bévue.

Il coule un regard vers Abe qui a saisi son casse-tête. Il sourit sans s'adoucir et se reprend avec une fausse courtoisie :

— Voilà qui me paraît demander réparation. Voyons… Je perçois trois manières d'y parvenir.

Il lève une main solide, la paume épaisse mais les doigts fins, et dresse pouce, index et majeur :

— Soit tu t'excuses et me donnes immédiatement les trois guinées que valent mes atours. Soit tu travailles à mon service, soumis à ma volonté et à mes – nombreux – caprices jusqu'à paiement de ladite somme. Soit nous allons, en gentilshommes de fortune, croiser le fer sur la plage. Cette dernière option me convient le mieux, si je peux me permettre.

Anne se rapproche à le toucher :

— Si tu as payé ces loques trois guinées, c'est que tu as tout à la fois très mauvais goût et ne possèdes aucun sens du négoce. Je t'épellerais bien le mot mais tu ne dois point savoir écrire. Si tu te cherches un esclave, sache que je n'obéis qu'à moi. Et que j'évite soigneusement les caprices des paltoquets beaux parleurs. Ils m'indisposent…

— Plage, donc ? Tu m'en trouves ravi.

— Plage. Passe devant, je préférerais mettre ma main dans un panier de serpents plutôt que de te sentir dans mon dos.

L'altercation et le silence qui l'ont accompagnée ont pris à témoin l'ensemble des clients. Dans un brouhaha gras de cavea antique, ils suivent les deux protagonistes. En courant, Mary et Matthews rattrapent Anne. Ce dernier, particulièrement pâle, tente de prévenir son amie qui force le pas.

— Adam, tu dois savoir…

— Je ne dois rien savoir…

— Mais c'est…

— C'est un prétentieux qui se réveillera demain avec une belle balafre, un membre en moins… ou qui ne verra plus jamais le jour. Je n'ai pas encore décidé.

Des flambeaux apparaissent, surgis de nulle part, et sont allumés. Un cercle se forme autour d'eux. Anne confie son pistolet à Mary et pose la pointe de son sabre sur la grève. Son opposant plie avec affectation ses étoffes précieuses et les donne à un marin qu'il semble connaître. Il s'échauffe le poignet en faisant tournoyer sa lame.

— J'attends, se contente de lui dire Anne.

Il s'élance vers elle, très souple, et engage le combat en pas chassés, inhabituels mais efficaces. Elle pare, un brin décontenancée par le ballet que lui offre son adversaire. Elle remarque qu'il feinte du regard systématiquement : il tourne la tête à tribord pour attaquer sur bâbord. Elle recule sans trop s'engager et tente de suivre le rythme qu'il lui impose. Elle sourit. Ce drôle danse le menuet sans doute sans le savoir : un pas en avant sur sa jambe droite et trois à suivre sur la gauche. Il respecte même le premier plié de genou, celui-là même qu'elle était incapable de reproduire à Savannah.

Elle se concentre et contre à grand-peine une attaque bien placée qui manque de la planter au ventre mais déchire sa chemise et égratigne ses abdominaux.

— Nous voici à égalité, l'agace-t-il, c'est mon tour de ruiner tes vêtements.

— Pas tout à fait : maintenant, je te dois quelques gouttes de sang. Attends que je m'en acquitte.

Il réitère sa routine. Elle se rapproche, patiente pour que sa jambe se ploie et qu'il tourne la tête. Il entame son mouvement. Elle se précipite sur son côté opposé. Surpris, il est pris de revers, faible sur son articulation. Il comprend trop tard son erreur. Elle est sur lui, lui balaie les jambes d'un coup de pied. Il chute sur le dos. Elle lui écorche la pomme d'Adam en le menaçant avec sa pointe. Un rictus ironique sur le visage.

— J'ai décidé de me payer de ton insupportable prétention, siffle-t-elle.

Elle dévie sa lame et lui arrache sa boucle d'oreille. Il crie. Un filet de sang glisse entre les doigts qui se sont posés sur la blessure.

— J'y tiens, à mon anneau, articule-t-il. Je te le rachète…

— Et avec quoi ? lui demande-t-elle.

Il sourit.

— Je serai ton obligé. Ce n'est pas rien.

— Ce n'est pas cher non plus…

Il soupire, lui tend la main. Elle le relève. Il s'ébroue, extirpe un mouchoir très élégant, brodé d'armoiries, se tamponne le lobe et se décide :

— Et que dirais-tu si je t'offrais à boire pour la soirée ? Nous avons un accord ?

Elle se penche pour ramasser le bijou dans le sable et le lui rend.

— Je t'attends au *Jolly*, mais de grâce va faire un brin de toilette : tu empestes le rhum !

La foule rit moins fort qu'elle à sa saillie. Comme promis, elle se dirige vers la taverne. Mary et Matthews partent devant. Elle est rejointe par le shakespearien qui devisait avec Abe. Il la félicite d'un signe de tête et s'entretient avec elle à voix mesurée :

— Je suis curieux de savoir ce qui vous a fait deviner qu'il escrimait en menuet. Votre tactique dit assez clairement que vous l'aviez percé à jour…

— Un souvenir d'enfance…

— Alors que vous étiez en robe, les cheveux ourlés de force, tapant pied de rage sur le plancher, agacée au possible par un maître de danse, madame ?

Elle s'énerve franchement :

— Mais enfin quelle prouesse faut-il réaliser pour qu'on ne découvre pas mon genre ? Vous êtes le deuxième aujourd'hui. C'est lassant et désespérant.

— Je suis un cas particulier, s'excuse-t-il. Ma vie est… compliquée, hantée par des envies et des besoins que les femmes ne peuvent assouvir. Eussiez-vous été un homme… Bref. Je ne suis pas tombé amoureux de vous et au vu de vos exploits et de votre réputation naissante, il n'y a que deux explications possibles pour cette absence totale de désir : ou je ne suis plus un sodomite promis à l'enfer et à ses tourments, ou vous êtes une femelle. La deuxième solution s'impose d'autant plus que vous donnez, malgré vous, quelques imperceptibles indications sur votre sexe.

Elle remarque seulement maintenant son accent de Dublin, freine sa marche, retrouve un souvenir, le regarde.

— Ne seriez-vous pas cet Irlandais dont Margaux m'a déjà parlé ? Médecin et artificier, c'est cela ? De l'équipage de Teach ?

— Fingal O'Flahertie, madame. Finn, pour les amis. Pour vous servir. Et sachez, sans que je vous en veuille par ailleurs, que votre logis d'aujourd'hui fut mon « nid » pendant fort longtemps. *La dame de maison* a dû en effet mentionner mon nom.

— Vous y avez oublié un volume de Daniel de Foë, *Essai sur divers projets*, intéressant…

— Avez-vous noté qu'il y défend une éducation similaire pour filles et garçons ? Une écriture définitivement trop grandiloquente, un esprit un peu brouillon mais quelques fulgurances. Conservez-le. Je vous l'offre.

Sans y songer, elle le prend par le bras, attirée par la sécurité d'un homme désintéressé et ayant apparemment reçu une éducation assez proche de la sienne. Il lui demande son « vrai » prénom qu'elle lui livre. Il fait une pause dans leur marche.

— Avant que nous ne rentrions au *Jolly*, prenez garde à votre dernière victime…

— Le danseur de menuet à la langue agile ?

— Celui-là même. Il est redoutablement intelligent. Bavard mais brillant… Et promis à une belle carrière par ici. C'est le quartier-maître de Charles Vane et, croyez-moi, ce n'est point de tout repos. Il sera capitaine très vite.

— Tant qu'il se contente de m'offrir à boire…

— Jack « Calico » Rackham ne fait jamais rien pour rien. Il est vrai que l'esprit, chez lui, prend souvent le pas sur le courage voire l'annihile. Rien d'étonnant : souvenez-vous de votre *Henry V* : « Les hommes qui parlent le moins sont les plus vaillants. » Bref, s'il vous offre à boire, c'est qu'il a une trame particulière en tête.

Elle lui offre une mine sérieuse et approuve d'un signe : elle se méfiera. Mais rien ne peut la satisfaire mieux pour l'heure qu'un peu de rhum.

Îles Exumas

Les trésors les plus précieux
sont faits de chair et de sang

Anne souffre sous les mains expertes de Margaux et de ses *damoiselles*. Elle hait le plan concocté, au cours d'une soigneuse beuverie, entre Rackham, Mary, Matthews et elle. Elle a donné sa parole et s'y tiendra. La pointe d'une broche vient lui piquer la poitrine.

— Pardieu, mesdames, si je voulais mourir épinglée, ce ne serait point apprêtée ainsi ni au fin fond d'un bordel de Providence !

— Taisez-vous et mirez-vous…

La mère maquerelle lui tend un miroir sur pied. Une jeune femme apparaît sous les piqûres brunâtres du verre, taille moyenne, hanches fines, menton pointu, gorge délicate, épaules fortes, nuque gracile. Ses yeux légèrement étirés par un trait noir paraissent comme apaisés par un vent du Sud. Même les rides sévères qui apparaissait le long des arêtes de son nez semblent avoir été gommées. Une boucle de cheveux, très travaillée, adoucit la hauteur de son front. Anne trouve le reflet plaisant, se le reproche immédiatement mais ne peut s'empêcher de tourner sur elle-même. Son amie veut lui poser une mouche sur la joue. Elle refuse poliment, consciente du miracle que celle-ci vient d'opérer.

La Française admire son chef-d'œuvre, rectifie un taffetas sur la robe rouge vif, les yeux brillants :

— Je ne connais pas un homme – pas un seul ! –, qui dédaignerait cette *merveille de la nature*… Vous voici tout simplement *magnifique* !

— Pour la millième fois, Margaux, lui répond sa protégée, je ne désire qu'en séduire un seul. Et encore, c'est pour l'entourlouper.

— Je me charge de vous présenter au capitaine Hudson. Vous serez pour l'occasion une amie de Boston…

— De Charlestown plutôt, je connais les lieux, je saurai répondre en cas de questions précises.

— De Charlestown donc, que j'accueille chez moi pour quelques jours avant son départ pour la Jamaïque. Et j'ai bien compris que je dois lui souffler que vous avez soif d'aventures.

Anne approuve, rafle un gobelet et l'avale cul sec. Il s'en faut de peu qu'elle ne le recrache, un rictus de dégoût sur le visage.

— Du cidre ! s'exclame-t-elle, passablement écœurée.

— Très chère, vous êtes privée de *tue-diable*, comme nous disons en français : le rhum ne convient ni à une lady ni à une escamoteuse. Il vous faut garder l'esprit clair et le geste leste.

James entre à cet instant dans leur chambre. Bouche bée, il observe sa femme, se hâle légèrement, ne dit pas un mot et vient l'embrasser en la serrant contre lui. Elle rougit de plaisir, un peu incommodée par la présence de témoins. Elle l'écarte et défroisse sa tenue.

— Tu es… tente-t-il de parler. Tu es… très belle !

Margaux soupire :

— C'est un peu pauvre comme déclaration, mon cher. Au temps pour les poètes… Vous, les Anglais, n'avez aucun talent pour les arts. Ni ceux de l'amour ni ceux de la table, par ailleurs.

Elle se recule, vocalise un instant, écarte les bras de son corps puis rassemble ses deux mains croisées sur le cœur et déclame pour le couple en face d'elle :

— « Ta flamme et ton respect m'ont enfin désarmée / Dans nos embrassements, je mets tout mon bonheur / Et je ne connais plus de vertu ni d'honneur / Puisque j'aime Tirsis et que j'en suis aimée. »

Vous devriez tous, vous les mâles, apprendre et réciter Mme de Villedieu. Elle dit tout ce qu'il y a à savoir en ces matières. Béotiens que vous êtes !

Elle abandonne ses amis pour « *la grande ouverture* » de son lieu de plaisirs. James s'assoit sur leur couche et dévisage sérieusement Anne qui le rejoint. Il lui avoue qu'il ne goûte point le stratagème retenu et qu'il est plus que réticent à laisser sa femme se jeter dans les bras d'un autre, quand bien même le tout ne serait que farce. Touchée par cet accès de jalousie, Anne lui explique encore ses projets. Il acquiesce :

— Certes. Mais pourquoi toi ? Mary aurait très bien pu se livrer à cet acte de tréteaux…

— Rackham préfère que ce soit moi… Et il est plus que partie prenante puisqu'il met son navire à notre disposition…

— Moyennant part du butin !

— Évidemment ! Comment pourrait-il en être autrement ?

— Je n'aime point l'allure de cette affaire : d'abord nous risquons de nous faire tondre la laine sur le dos par ce coquin de Calico et puis tu te prêtes à un jeu de séduction bien dangereux. Inconvenant. Tu es ma femme après tout ! Ce sont deux choses qui m'appartiennent qui sont mises en danger…

Elle se relève, le toise, les poings sur les hanches, furieuse :

— Ni l'un ni l'autre ne sont à toi, James. Et je te remercie au passage de l'ordre de tes priorités : l'or et après lui, ton épouse. Sache que tu ne participes à cette aventure que parce que je l'ai voulu, imposé. Et je ne t'appartiendrai jamais. Ni à toi ni à personne ! Prends-en bonne note et va cuver ta mesquinerie et tes soucis de petit propriétaire ailleurs. Je ne veux plus te voir. Tu vas disparaître de ma vue pendant un bon mois. Le temps que je digère tout cela, que je me rappelle ce que tu fus et que j'oublie ce que tu es. Si j'en suis capable.

Il part, agacé au possible, en empruntant l'escalier extérieur et en prenant soin d'en martyriser bruyamment chaque marche. Anne reste prostrée un moment. Elle sent que le vent qui souffle l'éloigne de son mari. Sans doute sans rémission. Et sait déjà qu'elle suivra son cap, devant, toujours devant. Le sanglot qu'elle étouffe n'est qu'au revoir nostalgique. Sa peine, elle, traîne en canot, déjà loin de sa vie, perceptible mais presque floue. On frappe discrètement à sa porte. Margaux lui apporte un plateau sur lequel elle a disposé un mouchoir et un gobelet en étain :

— Les poèmes galants oublient de préciser qu'ils ne sont que fables, que les hommes nous décevront toujours et que nous les aimerons parfois pour cela aussi. Tu as mérité ton rhum. Ne t'y noie pas : on n'y trouve que des mauvaises réponses à toutes les bonnes questions.

Elle erre, ne sachant trop quoi faire de ses bras et de ses mains dans le grand salon du *Goldfinch*. « Brasse les vergues », s'intime-t-elle *in petto*, irritée de sa propre gaucherie. Elle a dû déjà repousser les avances d'une demi-douzaine de coquins. Frustrée de ne pas avoir pu les souffleter, elle tape du talon en marchant comme si elle voulait réveiller le Léviathan lui-même en sa tanière marine. Ses trois complices tardent.

Elle aperçoit Jack Rackham franchir l'entrée de l'établissement, vêtu de son inévitable uniforme de calicot et de soieries, les bottes hautes soigneusement cirées, la boucle d'oreille passée dans celle qu'elle n'a pas esbignée. Élégant et indolent, un sourire léger étire la commissure de sa lèvre et empatte d'oie un œil rieur : fier, se sachant prétentieux sans s'en cacher pour autant. Quelques petits cheveux derrière la nuque d'Anne la piquent du quart du désir. Elle en repousse l'idée. Mary, déguisée en Willy, et Matthews arrivent à leur tour. Le trio prend place dans un recoin mal éclairé, commande une bouteille et accepte la compagnie d'une *demoiselle* locale pour se fondre dans le décor.

Margaux vient accueillir un visiteur. Elle ôte théâtralement son gant et le laisse choir, donnant ainsi à Anne le signal convenu. Un homme se penche sur sa main. Elle l'observe. Les épaules larges, les cheveux grisonnants, bouclés, le bas du visage carré, comme taillé en angles droits, durcit des yeux bleus gris plutôt doux, reposant aux creux de cernes blancs marqués. Un début d'embonpoint étire sa veste. La maîtresse de maison lui fait un signe ostensible. Elle s'approche et réprime l'envie folle de déguerpir en courant.

— Capitaine Hudson, permettez-moi de vous présenter ma *merveilleuse amie*, lady Cormac, de visite ici depuis Charlestown et en route vers les chaleurs épouvantables et étouffantes de la Jamaïque.

Il s'incline, cherche des doigts à baiser qui ne viennent pas sur-le-champ, puis s'en empare avec assez de délicatesse pour être galant. Son œil la parcourt en marin, de la proue à la poupe. Surtout la poupe. Elle le fusille du regard. Il se raidit. Elle se reprend, le saisit par le bras et l'entraîne vers le *guéridon*, une table réservée aux invités spéciaux, ceux qui ne viennent que reluquer et boire, sans céder aux plaisirs de la chair.

— Mon amie m'a confié que vous disposiez de votre propre navire, minaude-t-elle, et que vous aviez vécu les aventures les plus extravagantes à son bord. Je vous avoue que j'ai un millier de questions à vous poser : j'ai toujours été fascinée par l'art et la manière que vous avez, vous les marins, de faire avancer ces citadelles sur l'océan malgré des dangers innombrables.

Les rires, très contagieux, mal étouffés – à dessein – de ses amis, l'encouragent à pousser son avantage et à poser une main sur le bras du capitaine dont le regard frise de satisfaction et de lubricité anticipée.

Anne maintient, tel un feu tisonné, l'attention enamourée de Hudson. Et le saoule consciencieusement en priant pour ne pas être prise d'ivresse avant lui. L'homme paraît ne pas sentir la morsure de l'alcool. Rien ne cille. Elle désespère. Elle remarque enfin son coude qui se dérobe en voulant se reposer. Le fruit doit être mûr et point blet, elle attendra le prochain verre pour porter l'estocade. Elle avance son pion sans autre forme de diplomatie qu'une fausse franchise :

— J'ai toujours rêvé de visiter un bateau : en tant que passagère, l'on vous confine à votre cabine, aux repas dans celle du capitaine et à de trop rares promenades sur le pont…

Il vide son rhum d'un trait et lui répond, la voix empâtée et l'assiette mal assurée :

— Madame, vos désirs sont des ordres. Allons-y céans. Qu'en dites-vous ?

Elle prétend hésiter. Il insiste, franchement grivois :

— Et vous visiterez ma cabine, vous constaterez que l'on n'y fait pas que souper…

Conscient d'être allé trop loin, il se ressaisit :

— Nous, les capitaines, y passons un temps certain à étudier les cartes et à calculer notre navigation. Je vous montrerai comment cela s'effectue si vous en êtes d'accord.

Elle bat des mains comme une petite fille, glisse un regard en coin à ses compères et se lève.

Anne presse le pas en descendant vers la grève. Elle perçoit la respiration contrainte de son compagnon et sait d'expérience que l'exercice physique accélère l'emprise de l'alcool. Il hèle une chaloupe et se contente de donner au marin le nom de son navire. Assise en équilibre désagréable, respirant discrètement à grandes goulées l'air de la mer pour se dégriser, Anne sent la jambe du capitaine se coller à la sienne. Le trajet, fort bref, lui semble une éternité. Sous prétexte de l'aider à grimper à bord, il la saisit par la taille. Elle frémit de dégoût. Il se méprend et tente de l'embrasser. Elle se recule et se contraint à adoucir sa voix :

— Je rêve d'un porto. Cette île flotterait sur le rhum si elle le pouvait. Ce n'est point là boisson de dame. Auriez-vous par hasard ici cette denrée rare qui me changerait du jus de la canne à sucre ?

Il lui indique le chemin, le geste mal assuré :

— Il se trouve que j'ai en réserve un flacon, venu tout droit de Londres, que je préservais jusque-là. Vous m'offrez l'occasion de l'ouvrir et je vous en remercie.

Ils pénètrent dans une cabine de belles dimensions et proprement disposée. Hudson se dirige vers un meuble et en extirpe une épaisse carafe scellée à la cire. Il lui sourit, béat. Elle s'incline et se permet de remarquer qu'elle n'a jamais vu un marin boire autre chose que « cet affreux tafia » ou du vin. Il acquiesce :

— C'est que, voyez-vous, nous autres gens de mer ne sommes point fragiles et que tous les chirurgiens de la Flotte vous confirmeront que le tafia affirme les membres et l'esprit lorsqu'il est question de manœuvrer…

Elle hausse les sourcils et le regarde comme pour le mettre au défi. Il soupire, s'excuse puis revient de la coquerie avec un tonnelet. Dépité de ne point goûter lui-même à son propre nectar, il brise le sceau du vin de Porto pour elle et se sert une belle rasade de rhum.

— *Cul sec*, dit-elle en français, avant de vider son verre d'un trait.

Il en fait autant avec le sien et se rapproche. Elle se replie auprès du bureau et de ses nombreuses cartes. « Décide-toi ! » se motive-t-elle. Elle se tourne vers lui et dégrafe sa robe en souriant. Il se précipite sur elle, ne voit pas la jambe qu'elle tend. Elle lui croche la patte, il tombe lourdement et se heurte la tête contre la table. Inconscient. Elle peut ôter ses épouvantables escarpins brodequins de l'enfer, courir pieds nus dans l'entrepont et enfin suivre son plan.

Elle rejoint Jack et Mary sur le *Revenge*, une flûte gréée pour la vitesse et le combat. Ils déhalent immédiatement, avertis par Matthews, resté à terre, que le *Royal Queen* compte profiter de la marée descendante pour larguer les amarres à son tour. Anne, redevenu Adam, la bouche pâteuse et la tête en réa grippée, se secoue sur le pont comme si elle voulait extirper en s'ébrouant les vapeurs d'alcool qui l'assaillent. Mary la moque gentiment. Elle ne prend pas la peine de lui répondre, se saisit d'un seau, y pompe de l'eau de mer et se le renverse sur la tête et le corps sans hésiter.

— Voilà ! Maintenant, je suis parée à recevoir vos quolibets si vous l'êtes à tâter du plat de mon sabre.

Tandis qu'elle est dégoulinante, Rackham lui interdit l'entrepont, décide de faire un point sur la dunette et cale sa carte sous un nœud de cordages.

— Même mal en point grâce à notre amie, sourit-il, Hudson devrait avoir la lucidité de descendre le long des Exumas. Nous l'attendrons dissimulés au vent de Duck Caye. Nous devrons y être bien avant lui. Si mes calculs sont corrects, nous pouvons lui tomber sur le râble au début du jour demain.

Il se tourne vers Anne.

— D'ici là, je te cède ma cabine, à condition bien sûr que tu ne sois plus trempée comme une flaque. Ce n'est qu'un placard mais tu y seras tranquille pour te remettre de tes agapes…

Elle le remercie, se pose au vent chaud un long moment pour se sécher, puis disparaît se lover dans sa bannette, et s'endort d'un sommeil hanté par de vieux cauchemars et de nouveaux rêves entremêlés.

Elle profite du lever du jour sur un lagon transparent, observe un poisson multicolore dont elle ignore le nom se régaler des restes d'un crabe dans une eau rendue laiteuse par le festin. Mary la rejoint et lui tend une louche d'eau.

— Manger ou être mangée, c'est la vie… lui dit-elle.

— Non. C'est la mort. Ce qui ne veut pas dire qu'on ne peut pas la tenter…

Un cri dans la mâture : un matelot du bord a repéré leur proie. Rackham est déjà posté au gouvernail. Il redresse la tête, scrute le ciel, tend la joue, inspire fort et donne ses ordres. L'équipage, rodé, s'agite, discipliné. Anne et Mary aident à déplacer les canons bâbord qui se trouveront à la gîte et donc pèseront du mauvais côté. Elles les arriment fermement. Jack prend soin de ne pas hisser les voiles hautes pour l'instant : trop visibles, elles les feraient repérer avant l'heure. Une légère rafale penche le navire. Anne reçoit un peu d'écume sur le visage. Elle se lèche les lèvres, en déguste le sel, sourit et sent son feu intime se réanimer. Respectant sa routine, elle grimpe dans les haubans, à mi-hauteur, et scrute le large. Elle aperçoit vite le *Royal Queen*, trapu, vergues ajustées pour profiter au mieux d'un vent de travers qui doit être inconfortable pour lui. Le *Revenge* se rapproche. Elle remarque les sabords clos qui s'ouvrent, réprime un relent de rhum poussé par les souvenirs de la veille, et abaisse son bras. Les canonniers sont fin prêts, allument les mèches rougies. Elle aide à hisser la toile complète. Le bâtiment siffle son contentement. Rackham modifie son cap et vient pour longer son adversaire pourtant bien mieux équipé en pièces d'artillerie. Il se tord la bouche, fait un signe interrogatif à Anne qui hoche la tête pour le rassurer : oui, tout se déroulera comme prévu, elle y a veillé. Les marins préparent les grappins d'abordage et les piques. Elle sait qu'elle sautera d'un bord à l'autre. Comme d'habitude, première à tirer le sabre, dernière à quitter le pont ennemi.

Leur proie a sorti ses tubes. Leurs servants s'agitent. Elle remarque la stature carrée de Hudson immobile, lunette rivée à l'œil. Elle ne peut s'empêcher de le saluer du bras. Les deux navires ne sont plus qu'à une encablure. Rackham fait hisser son pavillon, deux sabres croisés sous une tête de mort, et réduire la voilure pour s'adapter à la vitesse de son adversaire puis modifie sa course pour venir bord à bord. Anne entend distinctement son amoureux éconduit hurler : « Feu ! » à ses artilleurs. Rien. Les servants pestent et jurent, tentent à nouveau. Quelques insultes sont échangées. En vain. Le *Royal Queen* est incapable d'envoyer sa bordée. Anne rit sauvagement. Les coques se touchent, elle bondit. Désemparé par le long feu de leurs canons, l'équipage de Hudson se rend sans combattre. Déçue, elle laisse à Mary le soin de rejoindre le capitaine et de le faire prisonnier. Ils passent devant Anne-Adam. Il l'observe longuement, ouvre et referme la bouche.

— Vous êtes puni doublement par là où vous avez péché, lui dit-elle froidement avec sa voix de femme. Vous voilà pris par votre prétendue prise d'un soir et j'ai arrosé d'eau sans compter votre artillerie, ses mèches et boutefeux pour les rendre inefficaces lors de ma « galante visite ». Il est vrai que vous étiez alors inconscient. Une eau que vous auriez dû préférer au rhum.

Rackham laisse choir un coffre lourd, ouvragé, sur le pont et menace Hudson de son pistolet :

— Je n'ai point trouvé la clef et je ne tiens pas à abîmer cet objet. Je présuppose qu'elle est en votre possession. Vous allez me la confier. En échange, je vous laisse vous terrer là où bon vous semble : je ne saurais que faire de vous ou de votre bâtiment. C'est tout. Nous repartirons bons amis.

Le capitaine ôte un lacet de son cou. Le sésame, lourd, pend au bout. Il le confie à Jack, ignorant volontairement Anne. Le pirate s'échine et ouvre la serrure. Une rangée de petits lingots grossiers, fondus à la hâte, éclairent brièvement son visage.

« James eût été comme un gamin devant toute cette richesse », songe Anne, mélancolique, qui remonte à son bord sans un mot, suivie par Mary qui semble deviner ses tristes pensées et qui la retient un instant.

— Chaque trésor, chaque pièce arrachée, chaque bien dérobé nous dépossède un peu d'une part de nous-même. Je ne saurai l'expliquer. C'est ainsi. Cela passe avec le temps. On oublie…

Anne raffermit sa posture, parvient à lui sourire :

— Ce n'est pas ce trésor-là qui me soucie, c'est le suivant. Et je suis prête à en payer le prix quel qu'il soit. Tous les trésors ne sont pas en or, tu sais ? Les plus précieux sont faits de chair et de sang. Ceux-là, tu ne peux pas les voler mais tu peux les perdre…

Nassau, île de Providence

L'enfer ne suffit pas

Leurs chemises trempées de sueur, les jambes tendues pour les reposer, les muscles ankylosés, Anne et Mary profitent de leur repaire dans la forteresse. Un quartaut de rhum mis en perce, elles savourent et célèbrent leur nouvelle installation : le butin de Hudson leur a permis d'acheter l'étage entier d'une maison correcte. Le boisselier, un certain George Leach, qui tient son atelier au rez-de-chaussée, veuf depuis peu, le leur avait proposé pour un prix raisonnable et s'était engagé à se servir de son art pour aménager au mieux leur nouveau bien qu'il avait donc doté de volets neufs du plus bel effet. Elles avaient cependant dû bâtir elles-mêmes l'escalier de côté qui leur permettait de pénétrer dans leur logis sans avoir à traverser la boutique, son nuage permanent de sciure de bois, le timbre lancinant et crisse-dents des rabots et gouges sans cesse en mouvement. Pour préserver leur indépendance, elles avaient purement et simplement séparé leur surface en parties égales et fait ajouter une porte entre les deux. Seul le balcon, assez important, relevait du domaine partagé.

James avait tenté de revenir vers Anne. Penaud, il lui avait offert un pendentif, un Agnel[1], très ancien, monté sur une chaîne. Il s'était lancé dans une grande déclaration, décousue, d'où il ressortait finalement qu'ils étaient faits l'un pour l'autre et que rien ne saurait changer cela. Il avait conclu, un brin pleurnichard, qu'il l'aimait et que cela devrait suffire à son bonheur. Elle avait rangé son bijou dans un coffret. Elle ne l'avait point éconduit, ne lui avait rien promis, lui avait laissé la jouissance du Nid de Margaux, payé avec quelques mois d'avance, et lui avait réclamé un peu plus de temps, convaincue qu'elle procrastinait sur une décision déjà prise en son for intérieur. La visite du jour ne lui ferait point modifier son cap.

Elles entendent une voix s'annoncer sur les marches qui mènent jusqu'à elles. Anne tend l'oreille. Elle sourit et accompagne les mots en les articulant en muet : « Y a-t-il plus de noblesse d'âme à subir la fronde et les flèches de la fortune outrageante, ou bien à s'armer contre une mer de douleurs et à l'arrêter par une révolte ? Mourir, dormir, rien de plus… et dire que par ce sommeil nous mettons fin aux maux du cœur et aux mille tortures naturelles qui sont le legs de la chair : c'est là un dénouement qu'on doit souhaiter avec ferveur. »

— Entrez ici, ô Hamlet, prince du Danemark et de Nassau, dit-elle, mais sachez qu'ici « la vertu ne s'émeut pas du vice[2] » et qu'« être ou ne pas être » n'est définitivement pas la question en ces lieux.

1. Pièce en or française frappée du XIIIe au XVe siècle dite aussi « mouton d'or » puisqu'elle représente l'Agneau pascal sur l'une de ses faces.

2. Autre citation tirée de *Hamlet*, William Shakespeare.

Un rire clair lui répond et Fingal O'Flahertie apparaît, un petit volume écorné entre sa main estropiée, un pli en marque-page.

— Je sais trop la privauté que vous exigez pour ce lieu. J'ai donc pris soin de vous apporter un présent pour que vous me pardonniez mon intrusion. Voici un recueil que j'ai fait relier spécialement, il s'agit des pamphlets de l'un de nos compatriotes, Jonathan Swift. Je ne saurai trop vous conseiller *A Tale of a Tub*[1]… édifiant ! Délicieux et blasphématoire.

Anne le remercie et remarque qu'il garde par-devant lui la lettre cachetée qui était glissée dans le livre. Elle l'interroge du regard.

— Cela… C'est un courrier, pour vous…

— Vous voici poste restante désormais ?

— Point du tout. C'est que, voyez-vous, Barbe Noire et moi avons un accord : à chaque prise, il me laisse tout loisir de visiter et d'emprunter à la bibliothèque du bord – pourvu qu'il y en ait une – les volumes que je désire. Nous paressions donc au large de l'île de Hilton Head…

— Au nord de Savannah ?

— C'est cela. Bref, dans cet endroit sans intérêt nous avons arraisonné un navire marchand. Le capitaine fut courtois et parfait en tout jusqu'à sa libération, moyennant un certain prix. Évidemment. Or il se trouve qu'il disposait d'une fort agréable collection d'ouvrages, signe ostentatoire du brave homme. Je l'ai visitée en sa compagnie. Il a eu la grâce de m'en « prêter » quelques-uns sans que je l'y contraigne outre mesure et a poussé l'amabilité à attirer mon attention sur un courrier adressé à une certaine « Anne Bonny-Cormac

1. Pamphlet contre les fanatismes et les fanatiques religieux, publié en 1704.

en l'île de Providence ». Le commandant avait deviné sans trop d'effort notre port d'attache. J'ai cru bon de vous l'apporter personnellement et en toute discrétion.

Anne lui arrache le papier des mains, observe le sceau de cire brune, reconnaît l'emblème du clan Fraser, un bouquet de fraises entouré par une ceinture sur laquelle est gravée leur devise : « Tout mon espoir repose en Dieu. » Elle s'éloigne de quelques pas et le décachette fébrilement. Robert lui écrit, avec sa calligraphie très académique et déliée, avouant « ne point savoir si ces mots trouveront la personne destinée » et priant quiconque en serait en possession de les lui faire parvenir. Craignant le pire, elle saute moutons sur les lignes puis revient en arrière.

Son ami lui explique que la ville s'est agrandie en son absence. Les plantations alentour sont plus nombreuses et très friandes des esclaves africains, particulièrement adaptables et résistants au climat local. Le domaine Cormac lui-même en est un grand consommateur. Ce commerce prospère et Savannah est peu ou prou devenu en partie un port négrier. Ces derniers temps – elle regarde la date d'envoi en tête de lettre et constate qu'il l'a rédigée trois semaines plus tôt – un triste sire juge bon de repartir avec les Nègres qu'il n'a pu vendre au prix désiré et les jette au large sans autre forme de procès. Des corps, passablement abîmés par les courants et les animaux marins, jonchent et gâchent les rivages de « sa » ville à chaque marée plus importante ou coup de vent un peu fort. Ce vaurien est précisément attendu au tournant du mois, lui et sa marchandise.

Il a bien compris, précise-t-il, qu'elle souhaite vivre sa vie sans s'en retourner mais il est perdu. Il a fait appel, en tant que maire, à toutes ses connaissances et a récolté, au mieux un haussement d'épaules indifférent, au pire une approbation franche pour ces méthodes. Persuadé que seul un pirate pourra se débarrasser de l'infâme, un nommé Garrett Cunningham, et à tout le moins l'empêcher de nuire le long de « ses » côtes. Il convient bien entendu qu'il récompensera sur ses propres deniers celle, ou celui, qui aura fait diligence… Suivent de longues phrases touchantes qu'Anne effleure du bout des yeux, au bord de larmes qu'elle ne souhaite pas laisser couler devant Mary et Finn.

Elle se retourne vers eux, affermit sa voix légèrement vacillante, et leur résume la requête de son ami d'enfance. L'Irlandais lui offre une mine triste pour toute réponse :

— Je suis au regret de vous dire que certains de nos meilleurs compagnons ne rechignent pas à vendre du « bois d'ébène » quand ils capturent un vaisseau de cette sorte. Votre histoire ne froissera personne ici, pas plus qu'elle ne choque à Savannah. Il est par ailleurs bien connu que les négriers se débarrassent de leur viande morte en mer. Vous aurez du mal à monter un équipage contre cela. Si ce n'est peut-être la promesse de récompense mentionnée. Est-elle suffisante ?

— Cent guinées…

— C'est considérable et suffisant pour nous, sans doute pour assembler une bande de coquins mais ils ne seront pas plus fiables qu'un compas sans nord. À vous de voir. Vous tenez là, peut-être, votre chance. Comptez-moi dans votre petite épopée si vous l'engagez.

Il repart en sifflotant sans demander son reste. Les deux amies réfléchissent déjà à voix haute, échafaudent des plans irréalisables, puis croisent leurs impressions, redessinent un projet, le jettent à nouveau… Anne lève les deux mains et impose le silence à sa compagne. « Ordonnons un peu nos besoins », affirme-t-elle. Elles conviennent qu'un bateau est nécessaire. Inutile qu'il soit imposant ou bien armé : il faudra monter à bord par la ruse et égorger les récalcitrants. Nulle nécessité de les canonner. Leur propre équipage doit être déterminé, bien sûr, et être restreint. Cinq personnes devraient suffire, deux ou trois de plus seraient les bienvenues. Il faut également décider ce qu'elles feront des esclaves et du navire capturé.

Elles se dirigent vers le *Jolly*, le lieu idoine pour trouver un petit équipage prêt à tout. L'établissement se repose dans la chaleur d'une fin d'après-midi. Ces dames paressent dans leurs quartiers, la banquette sur laquelle elles s'alanguissent le soir dévoile un affaissement dû à une trop intense occupation de séants sur une armature fatiguée. Seuls Abe et un groupe de joueurs de cartes, silencieux et indifférents, peuplent la taverne. Anne s'approche du géant et lui explique sans détour ce qu'elle est venue trouver dans son antre. Il écoute très attentivement, lui demande de lui accorder un moment et disparaît à l'étage sans en dire plus. Elles patientent longtemps et tentent d'affiner leurs perspectives. Les clients affluent désormais. Une foule bigarrée, cette fois bien encadrée par les demoiselles de l'endroit, se fait entendre dans un brouhaha bon enfant pas encore aviné ni querelleur. La lumière du jour s'affadit. Matthews les rejoint et confirme qu'il sera de l'expédition. Il n'a de toute façon plus de bâtiment fixe depuis leur aventure sur le *Royal Queen* dont il est bien entendu banni à vie. Le propriétaire de l'estaminet redescend enfin et se dirige droit sur le trio :

— Nous avons une embarcation. Je viens avec vous. J'ai pris mes dispositions. Avec Finn, nous sommes au complet. Contrairement à la maxime, moins on est de fous, plus on s'amuse. Je n'ai en revanche aucune idée de ce que nous devrons faire avec les hommes libérés… La Jamaïque et ses villages de marrons, peut-être ?

— Tout dépend de la coquille de noix que vous nous avez dénichée, s'interroge Mary.

— La Jatte et son caboteur. Il a l'habitude de faire le trajet. Le drôle est cupide. Il a l'avantage cependant d'être disponible. Je l'ai fait appeler. J'ai promis une avance, il arrive. Sa chaloupe n'est pas confortable, c'est vrai. Pour deux ou trois jours de traversée, cela devrait suffire. Nous naviguerons au retour avec le négrier confisqué.

— Nous partons demain avec la marée, décrète Anne.

Ils acquiescent tous, le regard sombre de ceux qui partent sans illusion à l'aventure, leur vie en bandoulière.

La fine connaissance d'Anne du dédale d'îles et de marais de la région de Savannah leur a permis de s'approcher au plus près des entrepôts de la ville sans être aperçus. « Deux femmes qui savent déguiser leur sexe mais point leurs pulsions meurtrières, un échalas armé d'une simple dague avec deux doigts amputés, un titan nubien et un marin en déshérence… Curieuse équipe », avait décrété Finn qui les avait convaincus que leur allure se fondrait mieux dans la nuit qu'en plein jour. Ils avaient donc attendu l'obscurité pour repérer leur cible et leur proie.

Anne savoure cette escale plus qu'elle ne l'a prévu. Les lieux, plus occupés sans doute, plus sales aussi que dans son souvenir, n'ont pas radicalement été modifiés. L'impression diffuse d'être rentrée chez elle la caresse. Elle la chasse. La ville enfant qu'elle avait connue autrefois devenait adolescente, voilà tout. La taverne où James l'avait emmenée et charmée la première fois existait toujours, illuminée de l'intérieur par de nombreuses bougies. Les relents exhalés par l'établissement n'ont – hélas – pas changé. Matthews, seul, y entre pour en ressortir une petite heure plus tard. Il leur confirme que le négrier va déhaler dans les jours qui viennent : son capitaine s'y apprête et ne s'en cache point. Il embarque une dizaine de têtes invendues, des femmes pour l'essentiel, semble-t-il. Un marin lui a confié que ses méthodes commençaient à agacer prodigieusement les pêcheurs locaux dont les poissons étaient boudés par une clientèle préoccupée par leur régime alimentaire et de s'en trouver en bout de chaîne. Ils lui avaient demandé de s'éloigner plus au large pour sa sinistre besogne. Le maraud les avait ignorés. Il n'en a pas appris beaucoup plus, ne voulant pas attirer l'attention.

C'est suffisant pour ses complices qui longent les grandes baraques à coton puis parviennent sur la grève. Trois bâtiments paressent au loin. L'un d'eux, un trois-mâts râblé, puissant, armé pour traverser, est amarré à l'écart mais le vent d'ouest embarque jusqu'à eux une odeur forte, mélange de viande en décomposition et de soufre d'urine.

— C'est lui, là-bas, confirme Abe, voix sombre, visage assassin et muscles tendus.

Ils rejoignent La Jatte à la hâte et récupèrent leurs armes. Anne s'approche du Batave et lui remet un pli :

— Vous nous déposez au cul de ce négrier puis vous filez. Vous irez confier ceci à Robert Fraser, lui ordonne-t-elle. Sans faute et de ma part. Mon ami vous remettra notre récompense.

Il hoche la tête et agite son goitre en signe d'assentiment.

— L'ami, insiste Anne en se campant devant lui, s'il venait à manquer la moindre piécette, je vous écorcherais vif moi-même. Lentement. Très lentement.

Il déglutit. Et sursaute quand elle lui pose une main sur l'épaule et s'affaisse plus encore quand elle lui confie quelques mots à l'oreille en confidence.

La chaloupe glisse sur l'eau en silence, voile abaissée, les pelles des rames enveloppées de tissus. Matthews installe un liston[1] robuste, tressé de cordages, pour amortir le bruit de la rencontre entre les deux coques. L'embarcation dérive sur son erre et heurte souplement la proue du grand navire. Anne s'élance, agrippe les chaînes de sous-barbe[2], se rétablit en contraignant ses abdominaux à un difficile exercice de retournement, jette un œil sur la naïade élégante sculptée en figure et songe qu'elle est bien déplacée sur ce tombeau flottant. Elle est vite à califourchon sur le bout-dehors[3], progresse sans bruit et franchit l'avant-pont. Elle entend un léger bruit, se recroqueville derrière le mât de misaine et coule un regard. Une colonie de rats profite de la fraîcheur de la nuit à la recherche de subsides. Elle l'ignore et poursuit son avancée, trouve les filets d'abordage et les déroule le long de la coque pour ses amis.

Abe, très discret malgré son poids, tord ostensiblement le nez sous l'odeur fétide qui s'exhale des écoutilles. « Nous sommes au bon endroit », se contente-t-il de dire en assurant mieux dans sa main sa massue imposante. Anne donne ses ordres sans que personne s'en offusque :

---

1. Protection, ici en cordages, placée sur les zones d'impact possibles de la coque d'un bateau.
2. Câble ou chaîne qui sécurise le beaupré.
3. Espar horizontal qui dépasse comme un nez à l'avant d'un navire pour y fixer une voile.

— Abe, rends-toi aux hamacs avec Mary et Matthews, vous estourbissez tout ce qui bouge. S'il faut tuer, vous égorgez. En silence. Puis vous prendrez possession de la « cargaison ». Finn et moi, nous allons rendre visite au capitaine Cunningham.

Ils se séparent. Suivie de l'Irlandais, elle s'arrête devant une porte en chêne au linteau arrondi. Elle y colle son oreille. Un bruit étouffé perce le bois épais. Un cri de femme, lui semble-t-il. Elle tente d'ouvrir doucement. Le loquet est mis. Elle peste. Finn la déplace avec courtoisie et se penche sur la serrure, extirpant un crochet métallique d'une trousse, comme une grosse bourse au cuir tanné, qui fait le pendant de sa dague sur ses hanches. Un cliquetis. Il claque de la langue, satisfait, s'écarte et effectue un geste galant pour inviter la pirate à entrer. Elle se précipite sabre au clair sans souci désormais de ne point se faire entendre. Elle se fige. Un homme, de petite taille, la culotte entortillée sur les chevilles, maintient de dos une femme noire affreusement maigre en l'étranglant avec un fouet. Elle crie. Il la viole en ahanant. Elle pleure et psalmodie, terrorisée, dans une langue ronde et onomatopéique. Anne s'élance. Elle arrache l'homme à sa proie d'un mouvement sec. Il bascule, ouvre la bouche. Elle lève son arme. Finn l'interrompt, livide :

— Non ! Il mérite pire que cela. Ne lui faites pas la grâce d'une mort rapide. Qu'il souffre. Et je jure sur tous les démons des abysses que j'ai plus d'une idée pour cela ! À commencer par l'émasculation.

Elle abaisse le bras, fait mine de se détourner et lance sa jambe. Sa botte atteint le violeur à la pointe du menton. Un claquement de mâchoire, une incisive gicle, sa nuque se plie en arrière comme celle d'un lapin avant dépouillement. Il s'évanouit.

Ils trouvent une couverture et en enveloppent la jeune fille effondrée sur elle-même qui les regarde sans comprendre malgré les paroles et les gestes rassurants de ses deux sauveurs.

Ils se retrouvent tous sur le pont principal. Mary lui explique que la plupart des marins se saoulent à terre. Ils ne seront point rentrés avant le lever du jour. Ils en ont tué deux qui étaient restés à bord et ont entravé une autre paire. Abe, ajoute-t-elle, s'occupe de libérer les prisonniers de leurs chaînes. Il semble arriver peu ou prou à se faire comprendre d'eux.

— Anne, balbutie-t-elle, je n'ai jamais vu des cales pareilles. Il y a des morts, des chaînes et des salissures partout. Une auge de cauchemar. Je ne saisis même pas comment ils ont pu survivre là-dedans... C'est... C'est inhumain. Et qu'on ne me dise pas que ce ne sont que des animaux. On pendrait au premier arbre venu ceux qui traiteraient ainsi leur propre chien !

Elle se précipite et vomit par-dessus bord.

Abe, tremblant d'une sainte colère, revient des fonds du navire précédé de huit femmes nues en pleurs, amaigries, recouvertes de saletés. Il leur parle doucement après le mouvement de recul qu'elles ont eu en découvrant l'aspect farouche de leurs libérateurs. Elles se calment et s'effondrent en vrac sur le pont, à bout de forces. Finn leur apporte de l'eau et les examine discrètement. Il hèle ses compagnons :

— Elles sont en piteux état. Je vous passe la malnutrition : cela se remarque. Mais elles ont besoin d'eau et de fruits au plus vite. Je ne suis pas certain qu'elles survivront. Et si elles y parviennent, après ce qu'elles ont subi, dans quel état de démence seront-elles ?

Il retourne à ses patientes, une ride creusée sur le front.

— Changement de plan, affirme Anne. On les hydrate, on les nettoie, on emprunte une chaloupe de ce damné navire. Et je sais où nous allons déposer ces pauvres hères. Quant au capitaine…

Elle bouscule du pied le corps inanimé à ses pieds.

— J'ai ma petite idée : trouvez-moi du chanvre et une torche.

Ils s'éloignent lentement, voile pleine à la faveur d'une brise de terre. Le feu commence à prendre à l'arrière du négrier. Sur la plus haute vergue du grand mât, les bras liés en croix, un homme au visage en sang hurle, pleure, jure et implore. Les flammes lèchent le pont désormais, embrasent cordages et gréement. Certaines s'élancent sur les hauteurs. L'homme crie de plus belle. Sur la chaloupe surpeuplée, Anne crache dans l'eau, le visage éclairé par le brasier.

— Pour lui, l'enfer ne suffit pas…

Ancien domaine Cormac, Savannah

Ce que tu fus, ce que tu es et ce que tu deviendras

Anne pointe du doigt une imperceptible embouchure de rivière, dissimulée dans les hautes herbes. Discipliné, Matthews modifie son cap, tire la barre vers lui et embouque le cours d'eau. Voile affalée, la chaloupe progresse sous les coups de rames d'Abe et de Mary. Après une longue courbe embarrassée par la mousse crinoline qui cherche à s'évader des grandes branches d'arbres, ils arrivent en vue d'un petit ponton artisanal, quelques planches et simple poteau de bois, où ballotte un canoé. Une fumée épicée vient chatouiller leurs narines. Abe se redresse brusquement au risque de tous les jeter à l'eau et de précipiter leur embarcation sur la rive. Les femmes rescapées se regardent et se parlent dans leur langue, interloquées, puis s'adressent au géant noir qui leur répond avec un sourire à avaler en entier un phacochère. Il consent à s'expliquer devant ses compagnons :

— Cette senteur de paradis, là, c'est du *han kpètè*, une sauce au sang de porc de chez nous. Que celui ou celle qui cuisine céans soit béni par tous les lwa[1] !

La Jatte vient à leur rencontre, pantelant sur ses jambes épaisses, épongeant un front en sueur avec un

1. Esprits vaudous.

large mouchoir à la propreté douteuse sans oublier de biberonner son cruchon tous les trois pas.

— Comment diable avez-vous pu naviguer jusque-là ? J'ai dû m'amarrer à quatre bonnes encablures. Peu importe : vous êtes attendus. Surtout vous, madame Bonny.

La compagnie comprend qu'elle doit laisser un peu d'avance à Anne. Elle s'avance seule sur un chemin de végétation tassée par de fréquents piétinements. Elle tremble malgré elle. Elle a froid dans cette moiteur du diable. Un frisson et son cœur en chamade vibrent plus fort qu'une drisse sous grand vent. Sans y penser, elle époussette ses vêtements, défroisse sa culotte et fait la moue devant l'état de ses bottes, particulièrement crottées. Elle ôte son foulard et son chapeau, noue ses cheveux en catogan.

Un tout jeune garçon et deux petites filles s'avancent vers elle, incertains de la conduite à tenir. Elle se fige. Les trois enfants s'approchent. Le bambin ressemble à Hatayé en plus longiligne, même visage taillé à coups de serpe, légèrement adouci par la finesse des traits paternels. Ses deux sœurs, la silhouette souple et toronnée, sont le portrait, en féminin, de Sika lorsqu'il était jeune. Tous partagent des grands yeux noirs et vifs, et une teinte caramel comme si leur peau absorbait le soleil, le filtrait et le rendait lumineux sans être éblouissant.

Le plus âgé, le regard franc et les yeux sombres, lui tend une main de petit garnement qu'il souhaiterait adulte :

— Bonjour, madame. Je m'appelle Tadi et voici Edem et Mawussé… Nous sommes…

Elle l'interrompt, lui saisit sa main, le rabat contre elle et l'étreint doucement :

— Je sais qui tu es, Tadi…

Précédée de la petite troupe elle débouche sur une clairière travaillée, un vaste potager sur sa droite, la maison agrandie depuis sa dernière visite, au fond de l'espace verdoyant. Entre les deux, auprès d'un brasero enfumé, Sika, Hatayé et Robert l'observent sans oser bouger. Elle s'avance. Ils la rejoignent. L'Indienne est la première. Elle se plante devant Anne, pose deux doigts joints sur sa bouche qu'elle appose ensuite sur la poitrine de son amie pirate.

— Tu as manqué, se contente-t-elle de dire.

Sika en larmes, empestant sa propre cuisine, se jette dans ses bras et laisse enfin place à Robert, les membres ballants, teinte tomate, qui ne sait s'il doit embrasser ou saluer à distance. Anne le serre contre elle.

Ses compagnons la rejoignent enfin. En peu de mots, et dérangée par les cris admiratifs et impressionnés des enfants pour l'imposante stature d'Abe, elle raconte leur aventure sans insister sur les causes de décès du capitaine.

Les Africaines, servies par Hatayé, visiblement touchée par leur misère, avalent leur ragoût avec gourmandise. Finn intervient :

— La machinerie humaine est particulière, une affaire de routines et d'adaptabilité : nous ne devons pas trop les nourrir au risque de les tuer purement et simplement. Elles doivent se réhabituer à manger peu à peu sans se goinfrer.

La compagnie se lance dans une discussion décousue où chacun apporte sa pièce d'histoire sans attendre que l'autre la termine. Anne a toutes les peines du monde à revenir sur son inquiétude du moment, y parvient après de multiples tentatives. Sika, songeur, finit par se décider :

— Ossabaw… je pense que c'est notre issue. C'est une île, plus au sud, un marais en fait. Mais quelques esclaves évadés se sont réfugiés là et y font leur vie. Je leur achète du poisson de loin en loin. Les propriétaires, affolés par les conditions extrêmement difficiles, n'y envoient point les contremaîtres les y chercher. Elles seront en sécurité. Je crois…

— Voilà qui est réglé, décrète Mary. Et maintenant, passons aux choses sérieuses : vous allez me narrer du début à la fin ce à quoi ressemblait ce poison d'Anne quand elle était ici. Et n'omettez rien, surtout pas le compromettant, l'embarrassant et l'indicible ! J'attends…

Les anecdotes fusent. « Lady Cormac » rougit. Les autres rient à gorges déployées. La boisson et une nuit étoilée au vent doux suffisent à un éclat de bonheur qui atteint Anne en pleine poitrine, entière, enfin, et apaisée, pour l'heure.

Elle soupire au matin moite : elle doit partir. Robert vient la rejoindre.

— Tu ne reviendras plus, assène-t-il sans soulever de question.

— Non. Je crains que non. Et pourtant, une partie de moi voudrait rester.

— C'est précisément cette partie de toi que tu dois emmener avec toi là-bas, c'est elle qui te permet de préserver ton humanité. Tu en as plus besoin à Providence qu'ici.

Elle lui lance un regard intense, se demande pourquoi elle ne l'a pas épousé, se contente de lui sourire avec tendresse.

— Tu ne m'as pas dit ce qu'est devenu Cunningham, le négrier ? l'interroge-t-il.

Elle lui raconte sans rien cacher. Il blêmit, hoche la tête, détend ses jambes.

— J'imagine qu'il méritait tout cela. Que cela reste entre nous, Sika et Hatayé ne doivent rien savoir… Ils seraient…

— Révoltés ? Déçus ? En colère ?

— Un peu tout cela, oui. Ton éloignement a poncé certains angles de ta personnalité dans leur souvenir. Il faut les préserver. Que tu restes pour eux une aventurière, non pas une…

Il hésite, raffermit son ton et la fixe intensément :

— Et pas une meurtrière sans foi ni loi.

Elle encaisse, se raidit puis se voûte. Une larme coule. Robert y dépose un chaste baiser :

— Je t'aime. Nous t'aimons tous, pour ce que tu fus, ce que tu es et ce que tu deviendras… Aussi longtemps que cette eau salée saura couler de ton cœur jusqu'à tes yeux. Elle est mille fois plus précieuse que celle sur laquelle tu navigues.

La Jatte vient les interrompre en signalant l'heure du départ. Anne replace son foulard et son couvre-chef, ajuste sabre et ceinturon, entame le chemin seule, en avant, sans se retourner. Mary la rejoint et la saisit par la main. En silence.

La foule fort odorante et bruyante de la taverne sur la plage de Nassau, qu'elle n'avait jamais encore visitée, la réconforte comme si cette énergie brouillonne répondait en écho à son chaos intérieur, la comprenait et la rassérénait. Elle se décide à oublier pour de bon ses amis de Savannah. Elle se sentirait mieux, moins oppressée. Elle se reprend, songe aux mots de Robert. Elle tend la main vers son gobelet de rhum… Et l'observe : des doigts forts aux jointures gonflées sur l'index et le majeur, une paume calée, bonne pour la godille ou les manœuvres, des ongles courts, sales, noircis, quelques veines bleutées trop fortes sur son dos. Elle soupire. Se décide à engloutir l'alcool. Un client la bouscule légèrement. Elle ne moufte pas, préférant préserver son incognito que de laisser éclater ses humeurs colériques. Une voix frêle et mélodieuse parvient à peine à se faire entendre. Elle cherche le chanteur, le repère contre un mur sur sa gauche. Un vieil homme, les cheveux blancs très longs, la bouche édentée, les bras maigres, nus, marqués de cicatrices s'affadissant dans les replis d'une chair âgée. Ses yeux bleus, comme polis et lavés aux rouleaux de l'Atlantique, très mobiles, paraissent abriter toute la vivacité dont son être peut être encore capable. Elle s'approche, tente de comprendre son chant, n'y parvient point, ne saisit rien d'une langue qu'elle imagine celtique cependant. Elle lui tend un verre et s'assoit sans plus de façon à ses côtés. Il la remercie d'un signe de la tête, sans la regarder, et poursuit son air. Il le conclut avec une note haute tremblotante et aiguë, puis avale son alcool à grandes lampées.

— J'ai été touchée par ton chant mais je n'ai rien compris, lui avoue Anne sans travestir sa voix de femme.

— Le *Mari Lwyd*... Vous, les Anglais...

— Je suis née en Irlande...

— C'est mieux, mais pas parfait... Bref. C'est un chant de solstice d'hiver. Je la chantais avec mon père là-bas, au pays de Galles, dans une petite île, Sgomer, tu connais ?

— Pas du tout. Je suis de Kinsale, notamment...

— Peu importe, tu es ici. Donc tu es d'ici désormais... et malheureuse : seules les âmes tourmentées peuvent ressentir la mélancolie du *Mari Lwyd*.

— Pas sûre d'être à ma place récemment.

— Personne ne l'est. Cesse de t'apitoyer, saoule-toi, fornique et bats-toi. Risque tout pour un rien, sans cesse. Tu te seras alors oubliée suffisamment pour, devenue aussi âgée que moi, chanter de vieilles rengaines. Quand tes yeux ne sauront plus pleurer, ta voix le pourra encore. Laisse-moi tranquille maintenant !

Elle se relève, interloquée par cette conversation. « Un vieux fou, pense-t-elle… ou un vieux sage », se reprend-elle, bien décidée cependant à suivre l'un de ses conseils et à commander à boire. Elle se dirige vers le comptoir, est bousculée à nouveau. Une bagarre éclate. Elle décide d'aller rêver sur la plage…

Elle se retourne vers Jim :

— Tu voulais mon histoire, la voilà.

Le jeune homme s'était rapproché d'elle pour mieux entendre son récit. Le jour éclaire pâlement l'orient désormais, dérangé par le coup de vent qui se lève et son ciel laiteux. Il s'agite, réprime un frisson et la dévisage de ses grands yeux noirs :

— Je veux écrire ton histoire ! Je veux t'accompagner partout… Je peux être utile. Tu verras !

— Il n'y a rien à raconter, ni hier ni demain. Poursuis ta route d'écrivain public ici où tu es utile. Jim, tu n'es pas fait pour me suivre, ni moi ni aucun des gueux des mers de cette île. Je te l'ai déjà dit : tu as la vie devant toi, nous n'avons que la mort en face, à donner et à recevoir.

Un bruit caverneux de famine venu de ses entrailles interrompt Anne. Il rougit et s'excuse d'un air piteux. Elle sourit.

— En revanche, tu peux venir avec moi maintenant. Viens ! Nous allons te trouver quelque chose à manger. Je t'emmène chez Margaux. Elle te confiera sa baignoire et sans doute des vêtements décents. Mais tu oublies tes billevesées d'écriture sur ma petite personne ! C'est le marché. Tu en es ?

— D'accord, si c'est que tu désires.

Ils marchent un moment en silence.

— Je me leurrais, tu sais ? dit-il à brûle-pourpoint.

Elle le regarde sans comprendre. Il s'explique :

— Toutes les histoires courtes ne s'écrivent pas en lettres de sang…

— Ils se marièrent, eurent beaucoup d'enfants et vécurent heureux ? ironise-t-elle.

Il rit franchement, tâche de marcher dans le même pas qu'elle. Il penche sa tête et la scrute comme un artiste observe son modèle, réfléchit et se décide à lui offrir le fond de sa pensée :

— Les légendes également s'écrivent en lettres de sang.

— Et ?

— Et commençons par la première d'entre elles… Le *A*, comme Anne, ou Adam. C'est selon.

Elle fourrage dans ses cheveux et le pousse affectueusement. La marée monte et recouvre le dessin qu'elle a gravé sans fin dans le sable pendant la nuit et son récit, son pavillon à elle, son *Jolly Roger* intime : un cœur entre deux sabres croisés.

Pour en savoir plus
sur les Éditions Récamier
(catalogue, auteurs, vidéos, actualités...),
vous pouvez consulter
www.editions-recamier.fr
www.lisez.com

lisez!

et nous suivre sur les réseaux sociaux

Éditions Récamier

@editionsrecamier

@Ed_Recamier

#lisez! engagé
www.lisez.com
Pour plus d'information :
Imprimé sur du papier issu de forêts gérées durablement.

CET OUVRAGE A ÉTÉ ACHEVÉ D'IMPRIMER SUR ROTO-PAGE
PAR L'IMPRIMERIE FLOCH À MAYENNE EN OCTOBRE 2025

N° d'impression : 107826
Imprimé en France